rowohlt
HUNDERT AUGEN

Für Erika

BAR

It matters not how strait the gate,
How charged with punishments the scroll,
I am the master of my fate,
I am the captain of my soul.

Invictus, William Ernest Henley

EINS | *Mittwochs Erika*

Hillary Clinton lacht. Sie sitzen bei einer Gala in New York nebeneinander. Erika trägt wie Hillary ein Abendkleid. Beide haben großartige Laune. Erika beugt sich hinüber und sagt etwas. Hillary beginnt zu wiehern.

«Was hast du denn da zu ihr gesagt», frage ich.

«Siehst du meinen Orden?»

Ich nicke. Bei uns im Studio trägt Erika an ihrem roten Kleid einen goldenen Orden.

«Das österreichische Ehrenkreuz für Wissenschaft und Kunst. Hillary fragte mich, was das ist, und ich sagte ihr: They tried to kill me, now they decorate me!»

Jetzt lacht auch das Studiopublikum.

Franz Schubert hatte recht gehabt. Er hatte mir als Erster von Erika erzählt. Sie sei Wienerin, als Kind allein vor den Nazis nach New York geflohen und viele Jahre später die Psychoanalytikerin der Hollywoodstars geworden. Eine fantastische Frau, sagte Franz. Sie lebt jetzt wieder in Wien. Wollt ihr sie nicht in die Fernsehshow einladen?

Davor hatten wir über Stefan Troller gesprochen,

den 1921 in Wien geborenen Schriftsteller, Journalisten und Dokumentarfilmer, zu dessen hundertstem Geburtstag ein toller Dokumentarfilm gemacht worden war. Der Film lief gerade in Wien.

Interviews hatte Troller gern als «Menschenfresserei, die vom warmen Blut ihrer Opfer lebt», bezeichnet. Er war aus Wien vor den Nazis geflohen, nach Paris und Amerika und später wieder zurück nach Paris. Nach der Filmpremiere waren alle ins Café Korb gekommen, wo Franz als Impresario arbeitet. Franz bat den Hundertjährigen darum, ein Filmplakat für das Café zu signieren. Gern, sagte Troller und tat es auch. Später las Franz, was der ehrwürdige Greis auf das Plakat geschrieben hatte: «Wo bleibt eigentlich meine Frittatensuppe, die ich vor einer halben Stunde bestellt habe?»

Troller war für den Film mit dem Kamerateam in die alte Wohnung seiner Familie gegangen. In der Wohnung lebt heute ein älteres Ehepaar. Troller ging durch die Wohnung, und dann fiel ihm der große Bücherschrank im Wohnzimmer auf.

«So einen Schrank hatten wir auch», sagte er. Das Ehepaar wurde unruhig und erklärte, den Schrank habe man nach dem Krieg gekauft, es könne also nicht der Schrank der Trollers sein.

Troller nickte und flüsterte dann der Regisseurin zu: «Da steht sogar noch das Buch im Regal, das ich zu meiner Bar Mizwa geschenkt bekommen habe.»

«Wien, das fidele Grab an der Donau, dessen Bewohner allein sein wollen, aber dafür Gesellschaft brauchen», zitierte Franz Alfred Polgar, und ich sah mich im Kaffeehaus um.

«Mag Troller Wien noch?», fragte ich.

«Paris mag er mehr», antwortete Franz. «Die Frittatensuppe kam dann aber gleich, nachdem er's aufs Plakat geschrieben hat.»

«Gut», sagte ich. «Ich mag es, wenn Wiener Emigranten gut behandelt werden, wenn sie in die Stadt zurückkehren.»

Billy Wilder, Lotte Lenya, Arnold Schönberg, Hedy Lamarr, Carl Djerassi, der Vater der Antibabypille, Sigmund Freud, Kurt Gödel, Otto Preminger, Max Reinhardt, Theodor Reik, Franz Werfel, Paul Wittgenstein, Fritz Lang, Friedrich Torberg, der Filmproduzent Eric Pleskow und Tausende andere. Sie kamen aus Wien und wurden vertrieben.

«Pleskow war auch einmal als Gast in meiner Sendung», sagte ich.

«Wie viele Oscars hat er gewonnen?», fragte Franz.

«Vierzehn. West Side Story, Amadeus, Einer flog übers Kuckucksnest, Das Schweigen der Lämmer, Rocky, Der Stadtneurotiker, Der letzte Tango von Paris.»

«Eine Legende.»

«Ja, eine Legende. Er sprach sehr leise. Als ich ihn vor der Sendung begrüßte, sagte er, er wisse nicht, warum ich ihn eingeladen habe. Nach der Sendung sagte er, jetzt wisse er es.»

«Ich hab die Sendung gesehen. Er war großartig.»

«Er liebte Alkohol, Zigaretten und Innereien und wurde trotzdem so alt.»

«Alle Wiener lieben Alkohol, Zigaretten und Innereien.»

«Er hat sogar während der Sendung geraucht.»

«Pleskow und Helmut Schmidt waren die Einzigen, die das durften. Als Helmut Schmidt starb, fand man in seinem Keller 5000 Stangen Mentholzigaretten, wusstest du das?»

In der Sendung hatten wir ein Video mit Grußbotschaften an ihn gezeigt. Jodie Foster, Kevin Costner, Woody Allen, Anthony Hopkins. Ein Hauch von Hollywood in unserer kleinen Nacht-und-Nebel-Show.

«Jodie Foster hat zu meiner Frau gesagt, ich nehme ihn mit zur Oscarverleihung. Und meine Frau sagte, du kannst ihn behalten.» Großes Gelächter. Die Zuschauer hatten ihn geliebt. Weil er leise sprach, hatten wir das Publikum gebeten, während des Gesprächs mit ihm sehr ruhig zu sein. Er saß da in der Stille, rauchte, lächelte und bezauberte.

«Mit alten Emigranten haben wir immer gute Erfahrungen gemacht. Wie alt ist diese Erika Freeman?»

«92», sagte Franz. «Aber du wirst sehen, sie ist im Kopf jünger als wir!»

Erika ist klein, aber ihre blonden Haare leuchten im Scheinwerferlicht. Sie trägt einen roten Pullover, eine rote Jacke. Das goldene Ehrenkreuz um den Hals.

«Ihr habt eine sehr empfindliche Seele», sagt sie.

«Wer, wir Schauspieler?», fragt mein Kollege.

«Nein», sage ich. «Sie meint Marlon Brando und mich.»

«Marlon Brando war ja sexuell sehr aktiv», wirft mein Kollege ein.

«Nicht mit mir», sagt Erika, und das Publikum lacht. «Interessant war, dass er niemals mit einer weißen Frau schlafen konnte. Das war der Schutz vor dem Wunsch, mit der eigenen Mutter zu schlafen.»

«Darfst du uns das erzählen, weil er tot ist?», frage ich.

«Nein. Weil das bekannt ist. Geheimnisse würde ich nicht erzählen. Auch nicht über Tote.»

Man merkt, dass sie es gewohnt ist, im Scheinwerferlicht zu stehen. In Amerika war sie in vielen Shows zu Gast. Sie spielt mit der Kamera, mit den Zuschauern.

«Wie würdest du als Psychoanalytikerin Donald Trump einordnen», frage ich.

«Ein armer Mensch. Sein Vater mochte ihn nicht, und seine Mutter sagte mir einmal, sie hoffe, ihr nichtsnutziger Sohn würde niemals in die Politik gehen.»

«Seine eigene Mutter?»

«Ja, sie kannte ihn wohl am besten. Ich saß einmal bei einem Abendessen am Nebentisch von Donald Trump. Und ich habe gesehen, dass er einen Fettsteiß hat.»

Ich blicke sie fragend an.

«Ein Po, auf dem man Gläser abstellen kann. Sein

Sakko hat hinten zwei Schlitze, damit alles hineinpasst.»

«Und deswegen ist er so, wie er ist? Weil er einen sehr dicken Po hat?»

«Nein, nicht nur. Ein Vater, der ihn nicht mag, eine Mutter, die ihn für einen Nichtsnutz hält, und ein Gesäß, auf das man Dinge stellen kann. Ich war an dem Abend mit Barbra bei dem Essen, und sie wollte gleich einen Teller auf Trumps Po stellen.»

«Welche Barbra?»

«Streisand.»

«Du kennst Barbra Streisand?»

«Natürlich. Sie hat ja meine Mutter gespielt.»

«Barbra Streisand hat deine Mutter gespielt?»

«Ja, in ‹Yentl›. Kennst du den?»

Am Mittwoch nach der Sendung rief Franz an und fragte, ob ich Zeit hätte, ins Café Korb zu kommen. Erika sei da und würde mich gerne wiedersehen. Tagesfreizeit ist mein Hobby; ich sagte zu.

Ich zog mich an und ging zu Fuß von der Berggasse zur Brandstätte, vorbei an der Strickemanufaktur, die Seile für Segler herstellt und im Schaufenster mit dem Spruch wirbt: «Stricke – Körper und Seele baumeln lassen». Ein sehr wienerisches Plakat.

Vorbei an dem historischen Werbeschild des Apothekers Jul. Trnkóczy für seine Linderung der Atemnot versprechenden Asthmazigaretten.

Im gut gefüllten Café Korb sah ich mich um. An der

Wand hing das Plakat mit der Frittatensuppen-Nachfrage von Stefan Troller, und hinter einem der Tische entdeckte ich Erika.

Sie trank einen kleinen Braunen. Ich musste unweigerlich an den Witz denken, in dem ein Nazi im Kaffeehaus zum Kellner «Ein kleiner Brauner!» sagt, und der Kellner antwortet: «Das seh ich, aber was wollen Sie trinken?»

Ihre Tasse war bis an den Rand gefüllt. Ich setzte mich ihr gegenüber, vorsichtig , dass der Kaffee nicht überschwappte.

Sie strahlte mich an. «Wie schön, dass du Zeit hast!»

«Du hast schon gearbeitet?», fragte ich.

«Ja, eine Klientin aus New York. Sie ist seit Jahren bei mir.»

«Aber in New York ist es doch mitten in der Nacht!»

«Ihr Termin bei mir ist immer um 9. Und bei mir war es 9.»

«Bei ihr war es 3 Uhr in der Nacht!»

«Ja, aber es war eine gute Stunde.»

Sehr langsam führte sie die volle Tasse zum Mund. Ich erwartete, dass sie den Kaffee verschütten würde, aber die 93-Jährige trank und stellte die Tasse wieder ab, ohne dass ein Tropfen verschüttet wurde.

«Bei meinem Therapeuten hängt ein Comic aus dem *New Yorker* an der Wand», sagte ich. «‹Wir kommen auf die Welt, dekonstruieren unsere Kindheit und dann sterben wir.›»

Sie lachte.

«Ich find den Satz eher deprimierend», sagte ich und schlug unter dem Tisch meine Beine übereinander. Der Tisch wackelte, und neben ihrer Tasse bildete sich eine kleine Pfütze. «Oh, Pardon!» Ich wischte sie mit einer Serviette weg.

«Warum ist das deprimierend? Wir kommen auf die Welt, das ist doch schon mal sehr gut. Wir schauen, was in unserem Leben passiert, auch gut. Und wenn der Herrgott findet, dass wir genug angestellt haben, gehen wir.»

«Woody Allen hat irgendwo gesagt, dass er nach Jahrzehnten der Psychoanalyse jetzt damit aufgehört hat, weil es nichts gebracht hat.»

«Na ja, in der Zeit wurde er ein Star. Wird ihm die Psychoanalyse schon nicht geschadet haben.»

«Ich glaube, er ist der berühmteste Analysepatient der Welt. War er dein Patient?»

«Jeder Name, den ich erwähne, war kein Patient von mir.»

«Aber du hast ihn nicht erwähnt, ich war es.»

Erika lächelte verschmitzt. «Die Analyse hat ihn nicht verletzt, und das ist oft schon das Beste, das du für jemanden erhoffen kannst: wenn es nicht schlecht ist für dich.»

Sie jonglierte ihre Tasse zum Mund. Und wieder gelang das Kunststück. «Er wohnte auf der 5th Avenue und sie gegenüber von mir, Central Park West, in einem Gebäude, wo alle Stars wohnen. Sehr hübsch.»

«Wer wohnte dort? Seine Analytikerin?»

«Nein, die Mutter seines Sohnes.»

«Mia Farrow?»

«In Mias Haus lebte eine Kollegin von mir und ich war zu einer Party eingeladen, bei der Mia auch war. Als sie die Party verließ, bedankte sie sich bei mir, dass ich so freundlich zu ihr gewesen sei. Die anderen waren eifersüchtig oder bewunderten sie, jedenfalls verhielten sie sich nicht normal. Ich schon. Sie kommt aus einer berühmten Familie, schon ihre Mutter war ein Hollywoodstar, ihr Vater ein berühmter Regisseur. Mia war mit Frank Sinatra verheiratet, für ungefähr fünf Minuten. Sie war so lieb und höflich. Das sind sie alle. Schauspieler sind unsichere Menschen.»

«War sie auch Neurotikerin? Ich habe mein Manhattan-Bild von Woody Allen, also glaube ich, dass dort alle Neurotiker sind.»

«Verglichen mit dem Rest der Welt stimmt dein Bild. Aber Woody ist gar kein Neurotiker. Er war früher einer und er tritt wie einer auf. Aber er ist keiner, weil er unablässig arbeitet. Neurotiker können nicht arbeiten. Er ist jetzt ein offizieller Neurotiker, ohne einer zu sein. Very interesting! Wir sind uns das erste Mal auf einer Party bei Liv Ullmann begegnet.»

Partys bei Mia Farrow und Liv Ullmann. Ich überlegte, wer meine letzten Gastgeber waren. Eher weniger Hollywoodstars.

«Und ich erzählte den Leuten, dass Dominic Habsburg gerade auf der Durchreise nach Antigua sei und in meiner Wohnung auf der Couch schlafe», fuhr sie fort. «Dominic hat Glück. Seine Mutter war eine Schönheit und die Schwester des Königs von Rumänien. Also sieht er nicht aus wie die anderen Habsburger.»

«Der Glückliche», warf ich ein.

«Ja», sagte sie. «Die Habsburger waren not a schönes Volk. Also, er war bei mir in der Wohnung. Mein Mann fragte, warum ich so nervös sei, und ich erklärte ihm, ich sei ein kleines Flüchtlingskind aus Wien und nun schlafe ein Habsburger auf meiner Couch! Und als Woody die Party verließ, sagte er: Ich muss gehen, weil bei mir auch ein Habsburger auf der Couch liegt! Alle lachten. So ein lustiger, kleiner Kerl.»

«Ich möchte nicht durch meine Arbeit unsterblich werden. Ich möchte unsterblich werden, indem ich nicht sterbe», zitierte ich Woody Allen. «Ich möchte nicht in den Herzen meiner Landsleute weiterleben. Ich will in meinem Apartment weiterleben.»

Erika lachte. «Woodys Vater wurde 100. Juden sagen zum Geburtstag: *Bis 120!* Weil Moses bis 120 gelebt hat. Aber Sarah, die Frau von Abraham, hat bis 127 gelebt. Darum sage ich: 127!»

«Das heißt, du könntest dann mit 125, 126 Jahren noch immer arbeiten.»

«Ja, wenn das Gehirn bleibt.»

«Du kannst es trainieren. Es ist wie ein Muskel.»

«Vor allem brauchst du Massel. Aber ich glaube, der liebe Herrgott ist ein netter Kerl. Ich bin gesund. Und ich wohne im Imperial.»

«Eben. Nicht mal Gott wohnt im Imperial.»

«Kommst du mich nächste Woche besuchen? Bei mir daheim?»

«Im Imperial?» Ich nickte und stieß erneut gegen den Tisch. Die Tasse war zum Glück schon leer.

«Ich hätte auch gerne eine Frittatensuppe. Muss man die Bestellung hier aufs Plakat schreiben?», sagte sie, und wir lachten beide.

Zwei Tage später erhielt ich eine SMS. *Denke nicht, es ist nichts da. Denke, es steht nichts im Weg. Bleib gesund und bis Mittwoch, Erika.*

Um halb elf waren wir verabredet. Ich brachte meinen Sohn in die Schule und schlenderte dann durch die Stadt. Auf dem Universitätsring transportierte ein offener Lastwagen mehrere goldene Glocken, offensichtlich war er auf dem Weg zur Votivkirche, die seit Jahren restauriert wurde. Vor mir auf der Straße bremste scharf ein Polizeiauto. Ein Polizist sprang aus dem Wagen und rannte auf mich zu. Ich wurde panisch, da blieb er abrupt vor mir stehen und fragte: «Kann ich ein Selfie mit Ihnen machen?»

«Sie haben mich erschreckt», sagte ich.

«Sie mich auch. Ich kenn Sie ja nur aus dem Fernsehen.»

«Machen Sie das bei jedem, den Sie aus dem Fernsehen kennen?»

«Ja», sagte der Polizist. «Smile!» Ich lächelte aus Höflichkeit.

Auf der Straße am Heldenplatz fuhren Fiaker und

kleine, bunte Kinderrennautos, in denen Touristen saßen und erbarmungswürdig albern wirkten. Ein Hund, dessen Hinterbeine an ein Dreirad angebunden waren, blickte den infantilen Touristen traurig nach und ich ihn traurig an.

«Ihr geht es gut», sagte die Frau, die die Hündin an der Leine führte. «Stellen Sie sich einfach vor, es wäre ein Rollstuhl.»

Ich stellte es mir vor, wurde aber nicht glücklicher. Erst jetzt sah ich, dass die Hündin ein Plastikteil im Po stecken hatte, aus dem es tröpfelte. Wohl ein Hundekatheter.

Die Rennautos knatterten durchs Heldentor, ich hörte ein Quietschen und Hupen. Ein Taxifahrer kurbelte sein Fenster hinunter und fauchte die Touristen an.

«Geht's in Oarsch mit eure gschissenen Gschrappn-Kraxn!»

Einer der Touristen nahm seinen Helm ab und brüllte irgendetwas auf Holländisch zurück.

Wenn man will, ist die Stadt eine Theaterbühne. Das Bühnenbild ist prachtvoll, die Schauspieler sind authentisch. Das Stück heißt «Wien» und wird jeden Tag bei freiem Eintritt gespielt.

Maria Theresia thronte zwischen den Museen, neben dem Denkmal stand ein Biologe des Naturhistorischen und suchte im Stamm eines Baumes nach der Schwarzhalsigen Kamelhalsfliege. Das erfuhr ich von einer Lehrerin, die mit ihren Schülern der Suche zuschaute und ihren mittelinteressierten Schülern von der Schwarzhalsigen Kamelhalsfliege erzählte.

«Die Schwarzhalsige Kamelhalsfliege zählt zu den Kamelhalsfliegen, der artenärmsten Ordnung der zu den Insekten gehörenden Netzflüglerartigen», sagte sie, ihr Handy in der Hand.

«Aus Wikipedia vorlesen kann ich auch», sagte eine Schülerin.

«Das könnt sogar die depperte Kamelfliege», sagte eine andere.

Ich stellte mich kurz dazu, bis der Biologe seine Suche ergebnislos aufgab.

«Na ja», sagte er.

«Scheiß Fliege», sagte einer der Jugendlichen zu mir. Ich zuckte mit den Schultern.

«Ich kenn sie nicht. Aber ich glaube, ihr ist es ziemlich egal, wie wir sie finden.»

«Wir finden sie ja gar nicht. Der Typ vom Museum hat gesagt, die gibt's hier massenweise, genau in dem Baum, und dann das. Nichts. Komplette Verarsche!»

Ich fragte mich, was für die 12-Jährigen deprimierender war. Dabei zuzuschauen, wie Schwarzhalsige Kamelhalsfliegen gesucht werden, oder ohne Kamelhalsfliegen-Erlebnisse wieder zurück in den Schulalltag zu müssen. Würden die anderen in der Schule sie fragen, ob sie fündig geworden waren?

Erika war im Alter dieser Schüler gewesen, als sie aus Wien flüchtete. Zwölf. Eine der Schülerinnen war blond und hatte ihre Haare zu zwei Zöpfen geflochten.

Ich hatte in Vorbereitung auf unsere Fernsehsendung alte Fotos von Erika gesichtet. Es gab da auch ein Kinderfoto. Sie war blond und hatte Zöpfe. Ich wünschte, sie hätte damals auch nur Frustrationen wegen Insekten gehabt. Hier, in Wien.

In der Sendung hatte sie erzählt, wie ihre schönen blonden Zöpfe sie auf der Straße oft gerettet hatten, denn wer mochte sich schon vorstellen, dass ein jüdisches Kind so weizenblond sein konnte?

Ich ging ins Café Schwarzenberg und bestellte mir eine Melange. Ich war immer noch zu früh. Ich schaute aus dem Fenster hinüber aufs Hotel Imperial. Bevor ich vor vielen Jahren nach Wien zog, hatte ich eine Freundin aus Düsseldorf besucht, die hier eine Musicalausbildung machte. Mit ihr war ich damals auch im Schwarzenberg gesessen. Sie hatte aufs Imperial gezeigt und gesagt: «Wenn man *da* wohnt, hat man es geschafft!»

Das Imperial ist im Stil der italienischen Renaissance erbaut und wurde 1865 fertiggestellt. Herzog Philipp von Württemberg hatte das Gebäude in Auftrag gegeben und seiner Frau, der Erzherzogin Marie-Therese von Österreich, zur Hochzeit geschenkt. Leider gefiel es ihr nicht. Vielleicht weil der neu gebaute Musikverein die Sicht auf den Wienfluss versperrte? Oder eine Straße plötzlich den Zugang zum Park verbaute? Die genervten Royals verkauften das Haus schon 1871, und zur Wiener Weltausstellung wurde es als Hotel eröffnet.

Manchmal kann man ein Jahrhundert mit Menschen illustrieren. Bismarck, der König von Serbien, der Zar von Bulgarien, Charlie Chaplin, Thomas Mann, John F. Kennedy, Nikita Chruschtschow, Richard Nixon, Marschall Tito, Gandhi, Elisabeth II., Walt Disney, Hitchcock, Sinatra, Woody Allen. Michael Jackson schrieb im Imperial den «Earth Song».

1994 wurde das Imperial zum besten Hotel der Welt gekürt. Hier also wohnte Erika jetzt, seit Beginn der Pandemie bereits. Sie hatte in Wien eine Herzoperation, und Covid verhinderte ihre Heimreise nach New York. Also quartierte sie sich im Imperial ein und blieb.

«Meine Rache an Adolf Hitler», hatte sie gesagt. «Er war nur einmal im Imperial. Ich wohne hier!»

1938 ließ Hitler das Hotel arisieren und erklärte es zu seiner Wiener Residenz. Samuel Schallinger, der Hauptaktionär des Imperial, wurde ins KZ Theresienstadt deportiert und 1942 ermordet.

Ich zahlte und überquerte den Ring, der auf Hitler, wenn er aus dem Männerheim in der Meldemannstraße hierherkam, wie «ein Zauber aus Tausend und einer Nacht» gewirkt hatte.

Seiner Sekretärin Christa Schroeder zufolge logierte er im Imperial in einem kleinen Apartment «mit märchenhaft schönen Blumenarrangements». Verglichen mit dem Obdachlosenasyl in der Meldemannstraße war das sicher eine merkliche Verbesserung.

Zu seinem Schutz war zuvor am Seiteneingang des

Hotels ein fünf Meter tiefer Schacht gegraben und als Luftschutzkeller ausgebaut worden. Ein Gang führt noch heute vom Hotel zum Bunker. Hitler selbst hat ihn nie betreten, er war ja, wie gesagt, nur ein einziges Mal im Imperial. Dafür fanden hier während der alliierten Bombenangriffe Philharmoniker, die vom nahen Musikverein hereilten, Unterschlupf.

An der Wand des Hotels hängt eine Gedenktafel mit dem Bildnis Richard Wagners. «Richard Wagner war am Ausgange des Jahres 1875 mit seiner Familie fast zwei Monate lang zur Vorbereitung der Aufführung seiner Opern Tannhäuser und Lohengrin Gast dieses Hotels. Der Wiener Schubertbund zum 50. Todestag des Meisters 1933».

Hitler, Wagner, und jetzt Erika. Und Erika am längsten.

Der livrierte Doorman grüßte mich und ich trat in die Drehtüre des Hotels. Über mir die vier Portalfiguren, Allegorien der Weisheit, der Ehre, der Gerechtigkeit und der Stärke.

Marmor, Statuen, Kristallleuchter. Eine majestätische Treppe aus Kaiserstein führt zu Suiten und Zimmern, Kerzenhalter, Stuckdecken.

138 Zimmer hat das Hotel, aber nur eines war belegt.

«Frau Dr. Freeman ist unser einziger Gast. Sie ist der Grund, warum wir alle noch hier arbeiten», sagte mir der Oberkellner im Café des Hotels. «Wegen Covid kommt sonst keiner, aber sie ist da. Wir lieben sie. Und wenn wir Probleme haben, sprechen wir mit ihr, sie ist ja eine berühmte Analytikerin!»

«Ich weiß», sagte ich und sah mich um. Sie war noch nicht da. «Freie Platzwahl?»

Der Kellner lachte. «Wo Sie wollen. Wir haben genug Tische, und, wie gesagt, Sie sind die einzigen Gäste.»

Ich nahm an einem Ecktisch Platz. Der Kellner kam mit einer Karte.

«Gute Wahl, der Tisch», beglückwünschte er mich. «Hier saß jeden Morgen Niki Lauda. Immer. Um sieben Uhr kam er und hat jeden Morgen das Gleiche gefrühstückt.»

«Und was war das?»

«Melange, Schnittlauchbrot, ein Ei im Glas und ein Joghurt Natur mit gerissenem Apfel und Himbeeren.»

Mir war es fast unangenehm, etwas derart Privates über Lauda zu hören. Ich bestellte nur ein Mineralwasser. Keine gerissenen Äpfel. Obwohl, ich hatte den Kellner ja gefragt, was Lauda immer bestellt habe. Jetzt so zu tun, als sei mir meine eigene Neugierde peinlich, war lächerlich. Also bestellte ich zum Mineralwasser auch eine Lauda-Melange.

Ich sah mich um. Etwa 30 leere, aber eingedeckte Tische. Erika, die hier frühstückte, konnte jeden Tag anders beginnen. Und doch, das riesige Hotel und nur sie allein? Diese kleine, über neunzigjährige Frau? Ich dachte an «Shining» und Jack Nicholson. *Redrum* im Spiegel. Dazu der Gang, der in den unterirdischen

Bunker führte. In einer Stadt, die ihr als Kind nach dem Leben trachtete. Wo in den Vasen märchenhafte Blumenarrangements für Hitler steckten? War das nicht selbst für die versierteste Psychoanalytikerin zu viel?

«Good Morning, Frau Doktor», hörte ich den Oberkellner, bevor ich sie sah.

«Good Morning», sagte sie, und da bog sie um die Ecke. In einem himmelblauen Blazer, schwarzem Rollkragenpullover, einer Halskette mit hebräischen Buchstaben.

«Dirk! How sweet, you came!» In der Hand hatte sie ein kleines Sackerl, das sie mir überreichte. «Ein kleines Geschenk aus dem Imperial für dich!»

Ich schaute in das Sackerl und fand Shampoo, Bodylotion, Conditioner, Seife und ein kleines Imperialtörtchen.

«Aus meinem Zimmer. Sie wechseln es jeden Tag. So eine Verschwendung!»

Ich bedankte mich bei ihr. Sie setzte sich mir gegenüber auf die Bank. «Kannst du den Tisch etwas näher schieben?»

Ich schob den Tisch vorsichtig, weil ich sie nicht verletzen wollte. «Ich habe mir gerade überlegt, ob es für dich nicht spooky ist, in diesem riesigen Hotel als einziger Gast. Und der Hitler-Bunker gleich neben dir.»

«You need to mach dir nix draus», sagte sie und lachte.

«Schwarzhaarige Kamelhalsfliege? Was ist das?»,

fragte Erika, als ich ihr von der Begegnung mit der Wiener Schulklasse erzählte.

«Ein Insekt, nicht sehr hübsch», antwortete ich.

«Sie muss etwas Besonderes sein, wenn der Mann vom Museum dafür extra auf den Baum geklettert ist.»

«Sie frisst Schädlinge. Larven von Borkenkäfern.» Das wusste ich, weil ich der Lehrerin ja bei ihrem Wikipedia-Vortrag zugehört hatte.

«Das wird die Larven nicht freuen. Sie wissen ja nicht, dass sie Schädlinge werden, und kein Schädling sieht sich selbst als Schädling.»

«Und dann habe ich einen Hund in einem Rollstuhl gesehen», fuhr ich fort. «Also, kein richtiger Stuhl, aber ein Gestell mit Rädern für die hinnigen Hinterbeine.»

«Poor dog», sagte sie, und ich erzählte ihr den Witz von dem Mann, der mit seinem Hund eine Bar betritt und den Hund auf die Bar setzt. Warum setzen Sie Ihren Hund auf den Tresen?, fragt der Barmann. Weil er keine Beine hat. Hat der Hund einen Namen? Nein. Armer Hund. Keine Beine, keinen Namen. Warum hat er keinen Namen? Weil, wenn ich ihn rufen würde, könnte er eh nicht kommen!

«Ich hatte einen Hund, nach dem Tod von Paul.»

«Dein Mann?»

Sie nickte. «Husbands are difficult, they die too soon. Er ist 1980 gestorben, mit 51. Eine Unverschämtheit!»

«Wie hieß dein Hund?»

«Napoleon Bonaparte. Ich brauchte einen mächtigen Namen für den armen kleinen, zittrigen Kerl. Die ganze Zeit hat er Angst gehabt. Ich hatte ihn aus einem Tierheim. Und dann stellte sich heraus, dass er ein Zirkushund war. Er konnte wunderbare Tricks, ist bei mir daheim rückwärts auf zwei Beinen gelaufen und hat Pirouetten gemacht.»

«Aber wenn du deinen Hund Napoleon Bonaparte nennst, dann weißt du, dass irgendwann Waterloo kommen wird.»

«Ja, aber er ist vor Waterloo gestorben. Und Waterloo muss nicht zwangsläufig kommen.»

«Nicht für Hunde.»

Sie lächelte und führte die bis an den Rand gefüllte Tasse Kaffee an den Mund.

«Du lernst es einfach nicht. Pass auf!», rief ich und beobachtete die Tasse.

«Ich zittere nicht, schau!» Tatsächlich führte sie die Tasse ganz ruhig zum Mund. Wie um mich zu ärgern, besonders langsam.

«Aber so ist es viel schwieriger», sagte ich.

«Schau», wiederholte sie und lächelte mich an. Sie nahm einen Schluck, stellte die Tasse auf den Tisch und goss sie aus der Kanne wieder ganz voll. «Ich zittere nicht, weil ich es nicht brauche. Wozu soll ich zittern?»

«Why don't you zitter? In deinem Alter darf man zittern.»

«I don't agree with my age.»

«Es ist nicht praktisch zu zittern, aber es wäre total in Ordnung.»

«Ja», sagte sie und nahm noch einen Schluck. Das war ein untermauernder Showschluck. Eine Jonglage, die mir zeigen sollte, dass sie die Tasse beherrschte und nicht umgekehrt.

«Man würde das Zittern erwarten», sagte sie. «Und ich tu nie das Erwartbare. Ich weiß nicht einmal, was das Erwartbare ist. Wenn sie sagen, etwas geht nicht, mache ich es erst recht. Was ist Nein für eine Antwort? Nein ist der Anfang von Ja. Du musst nur einen Schlüssel finden.»

«Oder eine andere Tür.»

«Wir brauchen das Nein nicht.»

«Trotzdem», sagte ich. «Ich werde jetzt einen kleinen Braunen trinken und dir zeigen, wie man die Tasse befüllt, um keine Probleme zu bekommen!»

Ich nahm die Kanne und schüttete Kaffee in meine Tasse. Der Deckel der Kanne fiel hinunter. Der Kaffee ergoss sich über den Tisch und meine Hose. Erika reichte mir ihre Serviette und wortlos wischte ich den Kaffee auf.

«Wie beim letzten Mal», lachte Erika plötzlich los. «Wie im Korb. Da hast du auch Kaffee verschüttet. Interesting!»

Wahrscheinlich suchte sie nach einer tieferen Bedeutung meiner Kaffeeunfälle.

«Es heißt nichts», kam ich einer Deutung zuvor. «Es war nur der Deckel.»

«Aber was ist mit dem Deckel? Oder dem Kaffee? Deinem Fleck auf der Hose?»

«Machen wir hier jetzt eine Therapie? Das kann ich mir nicht leisten. Bin ich jetzt dein Klient?»

«Ich nenne sie Patienten, nicht Klienten. Ich bin keine Rechtsanwältin. Ich sage ihnen nicht, was sie tun sollen, sie bringen es sich selber bei.»

«Ich wollte dir beibringen, richtig zu trinken. Nicht mir.»

Sie lächelte.

«Bist du nicht manchmal ungeduldig mit deinen Patienten?»

«Impatient with the patient? Das geht nicht. Sie sind nicht langsam, sie sind so schnell, wie es braucht. Langsam wäre mein Urteil. Ich urteile nicht. Wie lange es für dich dauert, Erkenntnisse über dich selbst zu gewinnen? So lange es dauert. Einige meiner Kollegen sind ungeduldig und üben Druck aus. Weil sie sich selbst zu wichtigmachen. Ich sage: Mach dich nicht wichtig, mach dich nützlich. Machst du dich nützlich, bist du wichtig.»

«Gibt es Analytiker, die du magst?»

«Natürlich.»

«Das ist gut, denn ich habe das Gefühl, dass in den Häusern von Manhattan entweder Analytiker wohnen oder Patienten. Es gibt nichts dazwischen.»

«Doch», antwortete sie. «Die, die dringend Patienten werden sollten. Die, die schon Patienten sind, brauchen es oft nicht so dringend wie die, die es werden sollten.»

«Aber noch mal, machen wir jetzt eigentlich eine

Therapie, wenn wir reden? Nicht jeder, mit dem du sprichst, ist ein Patient, oder?»

«Natürlich nicht, aber es ist therapeutisch, wenn du mit bestimmten Menschen sprichst. Du fühlst dich hinterher besser. Niemand weiß, warum. Es ist alles Chemie.»

Ich öffnete die kleine Schachtel und holte das Miniatur-Törtchen heraus.

«Möchtest du die Hälfte?»

«Nein, es ist deine Torte. Sie ist so winzig, wenn du die teilst, bekommt jeder von uns fast nichts. Besser, du isst sie. Ich hab mein Ei im Glas.»

«Dein Ei ist schon kalt», sagte ich schmatzend.

«Gut, dann red du und ich esse. Kennst du die Geschichte von den beiden Juden im Winter? Du weißt, Juden benutzen immer ihre Hände beim Reden. Es ist sehr kalt. Und der eine sagt zum anderen: Red du, du hast Handschuhe!»

Ich erzählte ihr von meinem ersten Besuch in Tel Aviv. Ich lag am Strand und las ein Buch. Neben mir lag eine alte Frau im Badeanzug und sonnte sich. Ich sah die kleine Tätowierung auf ihrem Arm und versteckte mein Buch sofort im Sand. Ich wollte nicht, dass sie den deutschsprachigen Titel sah.

«How sweet of you», sagte Erika.

In dem Moment erschien eine Hotelangestellte und überreichte Erika einen Umschlag.

«Here are your copies, Dr. Freeman.»

«Thank you», sagte Erika.

«And enjoy the rest of your life», meinte ich gehört zu haben. Erika lachte.

«Sie sagte, enjoy the rest of your lunch. Aber du hast recht. In meinem Alter schläft man entweder oder man ist tot. I will enjoy both. Lunch and life.»

Am darauffolgenden Mittwoch waren wir wieder verabredet. Mittwochs Erika. Halb elf. Davor hatte sie eine Telefonschaltung mit einer New Yorker Patientin. Sie lag in ihrem riesigen Kingsize-Bett mit vielen Kissen und therapierte. Sie hatte aber auch Patienten in Wien, die sie in einem der prachtvollen Sitzungszimmer empfing.

Ich, Mr. Tagesfreizeit, flanierte durch ihre Geburtsstadt. Durch die Herrengasse, am Café Central vorbei, wo schon in der Früh lange Touristenschlangen vor dem Eingang standen. Immer überlegte ich, den Touristen zu verraten, dass es in der Nähe auch hervorragende Kaffeehäuser ohne Warteschlangen gab, die nicht in den Reiseführern standen und deshalb echt geblieben waren. Tat es aber nicht. Die Stadt hatte wieder aufgemacht, alles war wieder offen. Erika würde nicht mehr länger einziger Gast im Imperial sein.

Einen der Fiaker vor der Hofburg kannte ich. Wir grüßten uns. Das Pferd schiss. Die Kacke fiel in den umgeschnallten Beutel. Ich ging weiter, an einem fast leeren Kaffeehaus vorbei. Der Bräunerhof, wo Thomas Bernhard Stammgast war und stundenlang bei einem kleinen Braunen saß. Aus Geiz, wahrscheinlich. Thomas Bernhard war so anders als Erika. Sprang erfreut auf und klatschte in die Hände, wenn er im Fernsehen erfuhr, dass einer seiner Kollegen gestorben war. Der seiner Haushälterin ein einziges Mal ein Geschenk machte, zu ihrer großen Überraschung. Ein Glas selbstgemachte Marmelade. Sie öffnete das Glas und sah, dass die Marmelade schimmelte. Thomas Bernhard, das Genie des Missmuts.

Schau, wie abgrundtief schlecht diese Welt ist.

Schau, wie gut sie sein könnte, sagt Erika.

Mein Vater hatte mir immer von den Bauern am Niederrhein erzählt, die bei jedem Hochwasser auf den Dächern ihrer Häuser saßen und sagten: «Da kannste nix machen.»

Aber das war kein Optimismus, sondern fröhliche Resignation. Erika strahlt etwas anderes aus. Es war verblüffend und unwahrscheinlich, nach allem, was sie erlebt hat. Hier in Wien und auch später in New York.

Pessimismus ist keine Option, hatte sie mir bei einer unserer früheren Begegnungen gesagt. Treat yourself like a Mensch. Be nice to yourself. You are entitled. Du hast das Recht dazu. Write yourself little Zettel how good you are and put them in your pockets.

Es war Sommer. In meinen Hosentaschen waren nur Zigaretten und der Wohnungsschlüssel. Die Fiakerscheiße roch auch noch in hundert Metern Entfernung.

Nichts von dem, was sie mir empfahl, klang wienerisch für mich. Der klassische Dialog, wie ich ihn auch einstudiert habe in den Jahrzehnten hier, verläuft so. «Mir geht's gschissen und dir?» – «Mir auch.»

Hatte sie sich in Amerika verändert oder war sie einfach untypisch für eine Wienerin?

Der Opernregisseur Markus Kupferblum hatte mir Videos geschickt, die er mit der jungen Erika in ihrer Wohnung am Central Park aufgenommen hatte. Damals war sie erst 89.

«Wenn deutsche Nazis zu deutschen Demokraten werden können, ist alles möglich», hatte sie damals gesagt. Hinter ihr, an der Wand, eine Arbeit ihres Mannes Paul. Ein Ölgemälde. Sie davor, klein und sehr lebendig. Die Wohnung ist hell und luftig.

«Als ich drei Jahre alt war, wurde meine Mutter sehr kritisiert, weil sie mich Kaffee trinken ließ. Wieso lässt du das Kind Kaffee trinken, wurde sie gefragt. Weil sie gerne Kaffee trinkt, sagte meine Mutter. Sie gab in ein großes Häferl viel Milch und darauf einen Schuss Kaffee. Warum auch nicht? Sie sah keinen Grund, etwas nicht zu tun, wenn es nicht destruktiv war.»

Wahrscheinlich war das Häferl damals schon randvoll eingeschenkt, und volle Kaffeetassen galten ihr als ein Gedenken an ihre Mutter.

Unser Niki-Lauda-Platz war von einer arabischen Großfamilie belegt. Dass das Imperial auch andere Gäste als Erika hatte und sie sich das große Haus am Ring nun teilen musste, schien so falsch zu sein.

«Grüß Gott, Herr Stermann, die Frau Doktor kommt

gleich», sagte der Oberkellner. Ich war inzwischen auch schon Teil des Inventars geworden.

«So voll», wunderte ich mich.

«Das Leben ist zurück», sagte er, und Erika bog ums Eck. Sie strahlte und stellte wieder ein Geschenksackerl auf den Stuhl neben mir. Shampoo, Conditioner, Seife. Wirkte ich so ungepflegt, dass sie mich mit Körperpflegeprodukten überhäufte?

Sie setzte sich auf die rotgepolsterte Bank mir gegenüber. «Könntest du den Tisch zu mir hinschieben?»

«Natürlich.»

Die Araber stritten sich oder sagten etwas Liebevolles zueinander, das könnte ich bei Arabisch nie unterscheiden.

«German or Deutsch», fragte ich.

«Wie du willst», antwortete sie. Links von uns saß ein japanisches Pärchen. Sie waren deutlich leiser als die Araber. Ich blickte zu dem schweigenden Paar.

«In Japan sprechen Männer und Frauen unterschiedlich», erklärte mir Erika, die sah, dass ich zum Nebentisch blickte. «Der Mann sagt *ohayō*, die Frau *ohayō gozaimasu*. Er sagt *Guten Morgen* und sie muss antworten *Ja, es ist wirklich ein guter Morgen*. My victory ist that I am less than you, der japanische Weg.»

«Man macht in fremden Kulturen immer Fehler. Würde ich nach Brooklyn zu einer chassidischen Hochzeit gehen, könnte ich furchtbare Fehler machen. Ich könnte eine schöne Frau küssen», sagte ich.

«Dann wärst du auf der falschen Hochzeit, Dirk.

Weil bei dem chassidischen Fest keine Frauen wären. Es sind nur die Männer, die feiern. Die Frauen stehen in der Küche und kochen. Wenn dort also eine schöne Frau wäre, die du küsst, ist es keine chassidische Hochzeit. Du hättest dich verirrt. Baal Schem Tov war einer meiner Vorfahren.»

«Wer?»

«Israel ben Elieser. Der Begründer der chassidischen Bewegung.»

«Mit dem bist du verwandt?»

«Ja», sagte sie, als sei es ganz normal. «Er kam wie Teile meiner Familie aus der heutigen Ukraine. Baal Schem Tov heißt ‹Meister des guten Namens›. Er war Rabbi für die Armen und Ungebildeten, die die Gebete nicht kannten und nicht lesen konnten. Er sagte ihnen, sie sollten in den Wald gehen, nicht in die Synagoge und dort singen. Das wäre genauso gut, wie in den Tempel zu gehen, der eh schon so voll ist mit Gebeten. Im Wald kann das Gebet gleich nach oben in den Himmel ziehen. Und wenn sie nicht lesen können, sollen sie einzelne Buchstaben sagen, Gott fügt sie dann schon richtig zusammen. Er war ein Lehrer, faszinierend.»

«Deshalb singen die Chassiden so viel?»

Sie nickte. «Aber sie behandeln uns Frauen heute sehr schlecht. Ihre eigenen Mütter. Ohne Mütter gibt es nichts. Aber je wichtiger jemand für die Gesellschaft ist, umso schlechter wird sie bezahlt. Mütter, Krankenschwestern, Kindergärtnerinnen. Ohne sie würde nichts gehen. Warum zahlt man ihnen da so wenig? Wenn du ein Filmstar bist, braucht dich niemand wirklich. Du bist eine Art Luxus. Aber wenn du zugeben musst, dass du jemanden brauchst, bekommst du Angst. Und wir haben Angst vor der Angst. Angst zu haben ist kein Problem, sondern sinnvoll, denn Vorsicht is a good idea. Aber Angst zu haben vor der Angst? Keine gute Idee. Wovor soll man Angst haben? Sterben müssen wir alle. Und ich weiß, warum.»

«Warum wir sterben müssen?»

«Ja, damit wir nicht zu lange Zeit haben, die Welt zu zerstören. Willst du nicht auch endlich mal ein Croissant essen?»

«Gut, ich habe überhaupt keinen Hunger, aber wenn du es so gerne willst, Erika!»

Ich biss in ein winziges Schokocroissant.

«Finally», rief sie und klatschte in die Hände. Die Blätterteigbrösel fielen auf meine Hose, die Schokolade pickte in meinem Bart. Ich sah mich im Spiegel und sah aus wie früher, wenn ich ein Nutellabrot gegessen hatte.

«Je klüger wir werden, umso älter werden wir. Vielleicht, damit wir länger hilfreich sind. Man lernt viel, auf dem Weg. Erst bist du egoistisch, dann denkst du dir vielleicht, hey, vielleicht könnte ich ja helfen. Brauchst du eine Serviette?»

Ich nickte und sie gab mir eine.

«Aber du musst vorsichtig sein», fuhr sie fort. «Nur, weil du jemandem hilfst, heißt das nicht, dass andere dir auch helfen werden. Manchmal wirst du sogar für deine Hilfsbereitschaft bestraft. Oscar Wilde hat gesagt, keine gute Tat bleibt unbestraft. Und in *Maria Stuart* von Schiller heißt es: Gerade unter Menschen kann man verlernen, ein Mensch zu sein. Aber du kannst wählen, wer du bist.»

Wir tranken den Kaffee aus und ich fragte, ob sie Lust hätte, ein wenig durch den ersten Bezirk zu spazieren. Das Wetter war gut und wir saßen schon zwei Stunden da.

Sie hatte eine schwarze Lederjacke dabei, die mich an Kim Wilde erinnerte. The Kids in America. Kim Wilde war auch blond gewesen, aber Erika war deutlich kleiner, was mir noch mehr auffiel, jetzt, wo wir nebeneinandergingen. Über den Ring, am Café Schwarzenberg vorbei, dann bogen wir in die Walfischgasse ein.

«Ist das deine Stadt oder nur eine Stadt», fragte ich sie.

«Es ist Wien», sagte sie, als sei das eine dritte Variante.

Ich musste mich hinunterbeugen zu ihr, um sie verstehen zu können. In einem Schaufenster sah ich uns beide. Ich wirkte fast doppelt so groß wie sie.

«Wie groß bist du eigentlich, in Zentimetern», fragte ich sie.

«Ich glaube, 68», sagte sie.

«Du meinst eins 68.» Das schien mir sehr hoch gegriffen zu sein.

«No, nicht eins 68, 68», wiederholte sie.

«Nein, du kannst nicht 68 Zentimeter groß sein, dann wärst du so groß wie eine Zweijährige, nicht viel größer als eine Kaffeekanne.»

«Eine Kaffeekanne?» Sie lachte. «Dann habe ich mich wohl vertan. Ist es für dich eigentlich okay, wenn wir etwas schneller gehen?»

«Ich dachte, man geht in Begleitung einer über Neunzigjährigen nicht so schnell.»

«Ich bin zwar so alt wie eine Schildkröte, aber habe längere Beine. Ich will nicht joggen, nur ganz normal gehen. Sonst wird es Nacht, bis wir dort sind.»

«Wo, dort?»

«Das wirst du sehen. Ich möchte dir etwas zeigen.»

ZWEI | *Die Bank*

Vor einem Ringhotel blieb sie stehen. «Kannst du dir das vorstellen? Als ich nach dem Krieg das erste Mal wieder nach Wien kam, 1961, hatte ich hier eine Zimmerreservierung. Damals hatte ich ein Schreiben, auf dem mein Name und die Bestätigung stand. Der Rezeptionist hat draufgeschaut und gesagt, nein, das glaube ich nicht, dass Sie bei uns wohnen. Wir nehmen keine Juden!»

«Das kann nicht sein», antwortete ich entrüstet. «1961 noch?»

Sie nickte lächelnd. «Ich bin dann lange wieder nicht hergekommen. Ich fühlte mich nicht wirklich eingeladen, verstehst du? Und als ich dann doch wiederkam, wohnte ich bei dem brasilianischen Botschafter in seiner Residenz. Das war ein Freund von mir. Dort saß ich einmal neben Bruno Kreisky.»

«Dem österreichischen Sonnenkönig.»

«Ja, er war damals noch Außenminister. Der Botschafter fragte ihn, wie mein Deutsch sei, und Kreisky sagte, es sei ein wunderschönes, altes, jüdisch-wienerisches Hochdeutsch. Wenn Kreisky es sagt, wer bin ich, ihm zu widersprechen?»

«Recht hatte er», sagte ich.

«Na ja, soweit du als junger Deutscher das beurteilen kannst», lachte sie und blickte mich schelmisch an. Flirtete sie mit mir?

Jung? Ich war immerhin Mitte fünfzig. Zu alt für einen Toy Boy. Einem Freund hatte ich von meinen Treffen mit Erika erzählt und dass sie lächelnd gesagt hatte, ich sei ihr erstes Date seit dem Tod ihres Mannes.

«Wird das jetzt so ein Harold-and-Maude-Ding zwischen euch?», hatte der Freund gefragt.

«Dafür bin ich zu wenig knabenhaft», hatte ich geantwortet. «Es ist bei uns eher Maude und Maude!»

Beim Hrdlicka-Denkmal, gegenüber der Albertina, machte sie halt. Seit 1988 stand das Denkmal hier, mitten in der Stadt. Zwischen Oper und Donnerbrunnen, zwischen dem Hotel Sacher und der Herrengasse. Erbitterte Diskussionen hatte es gegeben um dieses Mahnmal gegen Krieg und Faschismus. Konservative und Rechtsradikale waren dagegen Sturm gelaufen, unterstützt von der mächtigen *Kronen Zeitung*. Dass Hrdlicka ein wodkatrinkender Kommunist war, hatte die rechte Reichshälfte nicht weniger gegen das Projekt aufgebracht. Fünfzig Jahre nach dem Anschluss Österreichs an Nazi-Deutschland war es trotzdem eingeweiht worden, das Mahnmal aus lebensgroßen Steinfiguren, unter anderem auch ein straßenwaschender Jude, dem man bald schon eine Dornenkrone aufsetzen musste, weil die Figur immer wieder als Sitzgelegenheit missbraucht worden war. Jetzt sah der straßenwaschende Jude aus wie Jesus auf dem Kreuzweg. Auch Linke und Juden hatten die Figur kritisiert, sie sei symbolisch eine Fortsetzung der Demütigung. Deshalb hatte es eine Videoinstallation gegeben, die dem straßenwaschenden Juden die fehlenden Bilder hinzufügte. Das Video zeigte Bilder johlender und lachender Zuschauer, die die Filmemacherin Ruth Beckermann im Österreichischen Filmmuseum gefunden hatte.

Aber Erika schaute gar nicht auf das Denkmal. Ihr Blick schweifte über den gesamten Platz.

«Hier liegt meine Mutter», sagte sie.

«Du meinst, symbolisch?», fragte ich.

«Nein, wirklich. Sie war im Philipphof. Am 12. März 1945. Das Haus wurde von fünf Bomben getroffen. Darauf ist es komplett ausgebrannt. Mit allen Menschen drin. Ein paar Hundert waren es gewesen. Und meine Mutter mit ihrer Schwester war darunter.»

Im Philipphof, das wusste ich, hatte es die höchste Zahl an zivilen Todesopfern in einem einzigen Gebäude in Wien gegeben.

«Sie hatte sich hier versteckt. Als U-Boot. Und dann stirbt sie kurz vor Kriegsende durch Bomben der Alliierten. Kannst du dir das vorstellen? Ist das fair? Noch ein paar Wochen und sie hätte sich nicht mehr verstecken müssen. Meine Mama.»

«Yentl», sagte ich.

«Ich komme oft hierher und besuche sie. Es gibt ja kein Grab. Nur diesen Platz.»

Ich blickte mich um, nirgendwo war eine Bank.

«Und du musst stehen», sagte ich.

«Ja, leider. Eine alte Jüdin steht bei ihrer Mutter.»

«Wollen wir in den Burggarten gehen?», schlug ich vor. «Dort gibt es Bänke.»

Alles blühte. Vor dem Palmenhaus lagen Jugendliche auf der Wiese. Abends wurde hier mit Drogen gehandelt, tagsüber mit Kuchen. Auf den Bänken saßen ältere Leute, jüngere suchten im Gestrüpp nach den Resten der Nacht.

«Einen sehr großen Garten hatte der Kaiser», sagte ich.

«Ich hoffe, er hatte auch einen Gärtner», antwortete sie. «Sonst wäre das arg viel Arbeit gewesen.» Wir setzten uns auf eine freie Bank.

«Was für ein Mensch war deine Mutter?», fragte ich sie.

«Vor allem sehr humorvoll. Alle liebten sie. Ich selbst habe damals nie darüber nachgedacht. It was for granted. Es wurde mir erst nach ihrem Tod bewusst, als ich nach Wien zurückkam, ich kann mich noch genau erinnern, es war auf einem Spaziergang mit meiner Tante.»

Erikas Tante hatte überlebt, weil sie nicht zu den anderen Juden im Philipphof wollte. Sie war aufs Land gegangen und hatte dort die Nazi-Jahre überstanden, als U-Boot.

«Wir gehen also spazieren, da spricht mich eine Frau an. Sind Sie die Tochter vom Fräulein Grau?, fragte sie.

Ihre Mutter hat meinen Bruder für die Bar Mizwa unterrichtet. Er liebte das Fräulein Grau so sehr, dass wir Schwestern unsere Mutter gequält haben, bis sie uns erlaubte, auch Unterricht bei ihr zu nehmen.» Erika strahlte mich an. «Kannst du dir das vorstellen, Dirk? Kleine Kinder, die unbedingt freiwillig lernen wollen? Was meine Mutter für ein Mensch war!»

Rachel Grau Schächter, Erikas Mutter, ist wohl die erste Hebräischlehrerin Europas gewesen. Yentl. Geboren in dem galizischen Stetl Kuty, in der Nähe von Lemberg, wurde sie gegen alle Widerstände zum Hebräischstudium zugelassen. Zum Abschluss des Studiums führten die Studenten in der Toraschule ein Theaterstück auf. Erikas Großvater hatte von der ganzen Sache nichts wissen dürfen, weil es Mädchen ja verboten war, Hebräisch zu studieren. Das Stück hieß ‹Josef und seine Brüder›, und es begeisterte den Großvater.

«Damals war es so, dass du, wenn du es dir leisten konntest, einen armen Schüler aufnahmst, der dann nicht arbeiten musste und sich stattdessen ganz dem Torastudium hingeben konnte», erklärte mir Erika. «Nach dem Theaterstück ging mein Großvater zum Rabbi und sagte, den Bub, diesen Josef, den will ich in meinem Haus! Da sagte der Rabbi, aber siehst du denn nicht, wer dieser Bub Josef ist? Das ist deine Tochter Rachel.»

«Er hat seine eigene Tochter nicht erkannt?»

«Nein, er hatte keine Ahnung. Verkleidet as a boy.

Who would dream that there is a girl in the Chejder, when there never, never, never was any!»

«Dann war der Rabbi wohl sehr liberal.»

«Ja, wahrscheinlich. Ich weiß nicht genau, wie sie es geschafft hat, aber dieser Rabbi hat sie in die Klasse aufgenommen. Studieren musste sie zu Hause, in einem großen Kasten, den meine Großmutter versperrte, wenn der Großvater heimkam, damit er sie nicht beim Lernen erwischte. So ist sie die erste Hebräischlehrerin in Westeuropa geworden. Und dann kam sie nicht mehr heraus. Wir haben noch versucht, auf Skiern über die Grenze nach Italien zu gelangen, aber an dem Tag schlossen sie die Grenzen. Also blieb sie hier. Als U-Boot. Und dann, am 12. März 1945.»

«So knapp.»

«Ja, sie hat es fast geschafft. Heute denke ich mir, vielleicht wollte der Herrgott sie schneller haben.»

«Ja, vielleicht.»

«Man muss doch eine Antwort haben.»

Auf der Wiese vor uns standen zwei ältere Damen. Die eine trug eine Hundeleine in der Hand.

«Mein Jolly weicht mir nie von der Seite», sagte sie sichtlich stolz der anderen. «Nie. Er ist so vernarrt in mich!» Dann blickte sie auf den Boden, wo am Ende der Leine das leere Halsband hing.

«Wo ist er denn?», rief sie. «JOLLY!» Aber der Hund blieb verschwunden.

«So a gschissener Dreckskötер», rief sie und lief fort.

«Ich versteh Jolly», sagte ich.

Erika nickte. «Ich auch.»

Ich besorgte uns zwei Espresso bei einem kleinen Kaffeewagerl, einer umgebauten Piaggio Ape, die neben dem Burgtor stand. «Bitte nur halbvoll den Becher», bat ich den Verkäufer.

Als ich zurückkam, saß ein kleiner Hund neben Erika auf der Bank.

«Jolly?»

«Could be. Ein süßes Hunderl.»

Ich gab ihr den Becher und sie lachte, als sie sah, wie wenig drin war. Sie führte den Becher zum Mund, mit gespielt zittriger Hand.

«Ich kann nur aus vollen Tassen trinken», sagte sie. «Oioioi.»

«War ein Versuch», antwortete ich.

«Nice try», sagte Erika. «Jetzt müssen wir auf Jollys Menschen warten.»

Wir schlossen beide die Augen und genossen die Sonnenstrahlen. Die Vögel zwitscherten. So hatten die Kaiser den Frühling erlebt, aber auch die Nazis. Dass auch in der Nazi-Zeit die Vögel zwitscherten und die Sonne schien, unfassbar. Der Natur sind die Menschen egal. Der Frühling steht über den Dingen.

«War deine Mutter Zionistin?»

«Meine Mutter war fromm, das heißt koscher und so. Sie gehörte zum Misrachi, einer Organisation, die auch orthodoxe Juden in die zionistische Bewegung integrieren wollte. Sie hat den Juden, die nach Palästina auswandern wollten, Hebräisch beigebracht. Mir auch.

Darum konnte ich Hebräisch, bevor ich Deutsch lernte. Es war ein Bauernhof am Rand von Wien, in Moosbrunn, wo die Menschen auf die Arbeit im Kibbuz vorbereitet wurden», erzählte Erika. «Aus Journalisten, Lehrern, Professoren sollten Bauern werden. Not easy. Two left hands, wenn überhaupt. Man nannte das Hachschara.»

«Und deine Mutter trug Hosen?»

Erika blickte mich verwirrt an. «Was? Wieso sollte sie Hosen tragen?»

«Wegen Yentl. Da trägt deine Mutter, also Barbra Streisand, immer Hosen.»

Erika lachte. «Nein, Isaac Singer hat das so geschrieben, aber sie hat die Hose nur getragen, als sie Josef spielte. Die Geschichte hat meine Mutter richtig berühmt gemacht, darum hat Isaac sie auch gekannt und aufgeschrieben. Er war bis dahin als Autor sehr unbeliebt, weil er immer nur über Sex und Teufel geschrieben hat. Den ganzen Tag saß er in der immer gleichen Cafeteria am Broadway. Da hab ich ihn einmal getroffen und mich mit ihm unterhalten. Bist du nicht die Tochter von Rachel? Vielleicht hat er sich da wieder an die Geschichte erinnert.»

«Singer saß am Broadway und du neben ihm, und wegen dir schreibt er Yentl?»

«Nicht wegen mir. Wegen meiner Mutti. Aber er war ein sehr arroganter und unhöflicher Kerl.»

Plötzlich erfüllte ein lauter Schrei den Park. «JOLLY!»

Die ältere Dame kam, so schnell ihr Schuhwerk es

zuließ, auf unsere Bank zugestöckelt. Der Hund, und das irritierte mich, blieb ruhig neben Erika sitzen. Nichts lockte ihn zu seinem Frauchen.

«Is this little fellow yours?», fragte Erika, als die Dame nach Luft schnappend vor uns stand. Sie reagierte nicht auf die Frage, sondern hob den Hund auf, wie man ein Stofftier heben würde. Der Hund jaulte. Sie leinte ihn an und zog ihn halblaut schimpfend über den Kies hinter sich her.

«Poor dog», sagte ich.

«Poor lady», sagte Erika. «Wenn du einen Hund so behandelst, sagt das viel über deine eigenen Probleme.»

«Ich würde ihr auch nicht folgen.»

«Es geht bei Lebewesen immer darum, Aufmerksamkeit zu bekommen. Man muss das Gefühl haben, gemeint zu sein, verstehst du?»

Ich nickte.

«Ein Mann hat einen Esel. Ein stures Tier. Und er geht mit dem Esel zum Eselpsychologen. Dieses Tier hört auf nichts, was ich ihm sage. Können Sie etwas tun, dass er mir gehorcht? Der Eselpsychologe geht in den Garten, bricht einen Zweig vom Baum und haut dem Tier damit auf die Nase. Was tun Sie da, brüllt der Mann. Ich dachte, Sie sind Psychologe und reden mit ihm! Ja, sagt der Eselpsychologe. Aber zuerst brauche ich seine Aufmerksamkeit!», sagte Erika und klopfte mir mit einem dünnen Zweig leicht auf meine Nase.

«Du hast eh meine Aufmerksamkeit», sagte ich.

«Ich weiß», antwortete sie.

Wir standen auf und folgten der Schleifspur zum Ausgang des Parks. Die Becher warfen wir in einen Mistkübel, auf dem «Zeit für Gefülle» stand.

Bei der Albertina saß ein alter Mann vor dem Denkmal auf der Bordsteinkante.

«Vielleicht liegt seine Mama auch hier unter dem Asphalt», sagte Erika. «Und er besucht sie.»

Ich brachte sie zum Imperial, verabschiedete mich und rief Georg an, meinen Agenturchef. Georg hatte gute Verbindungen ins Rathaus.

Viermal hintereinander bekam ich Tage später diese Textnachricht: *Man sollte sich lieber richtig als wichtigmachen. Bleib gesund, Erika.*

Dann kam diese Nachricht: *My Handy is on automatic pilot please excuse repetitions. Aber bleib trotzdem gesund.*

Okay, antwortete ich. *Both. I excuse und bleib gesund. Promised. Und du auch, bald ist dein 94. Geburtstag!*

Am 1. Juli war es dann so weit. Die Feier fand im Restaurant Stöckl im Park des Schlosses Belvedere statt. Das hatte Prinz Eugen erbauen lassen, nachdem er in einer Schlacht die Osmanen besiegt und auf die Frage, ob er nicht vielleicht den Schatz der Türken gefunden hätte, mit dem Kopf geschüttelt hatte. Wenig später war er der wohlhabendste Mann im Reich, baute das Schloss und hatte plötzlich die größte Bibliothek der Monarchie. Der schwule Prinz lieh den Habsburgern sogar Geld. Vielleicht hatte er doch den Schatz gefunden.

Der Belvederepark ist einer der schönsten von Wien. Es war ein lauer Sommerabend, ich war einer der ersten Gäste, trank Sekt mit dem ehemaligen Supermodel Cordula Reyer, der Fernsehmoderatorin Barbara Karlich, dem Opernregisseur Kupferblum und einem großgewachsenen älteren Herrn, den ich nicht kannte.

«Ich bin ein Bekannter von Erika aus der jüdischen Gemeinde», stellte er sich vor. Neben ihm stand eine Frau in Erikas Alter, die noch kleiner war als das Geburtstagskind. Sie trug eine Perücke, und auch mit Perücke erreichte sie kaum die anderthalb Meter. Der Herr aus der jüdischen Gemeinde wirkte neben ihr wie auf mehreren Leitern stehend.

«Hat er schon seine Geschichte erzählt?», fragte sie mich. «Die mit dem Dach?»

Ich blickte sie fragend an. «Dach?»

Sie winkte mich zu sich hinab und flüsterte mir ins Ohr. Ich beugte mich so sehr, dass ich einen Stich im Rücken spürte. Wenig Harold, viel Maude.

«Im Krieg haben seine Eltern ein christliches Paar gebeten, auf ihn achtzugeben. Gegen Geld natürlich. Die Eltern wurden deportiert. Die braven Wiener, die auf den Jungen aufpassen sollten, haben ihn bei jedem Bombenangriff in seinem Kinderwagen auf den Dachboden gestellt.»

«Sie haben das Kind zum Abschuss freigegeben?»

Die sehr kleine Frau nickte. Dann erzählte sie mir,

dass sie auch als Kind aus Wien geflohen war. Vor Jahren hatte ich einen Film gesehen. *Vienna's Lost Daughters* hatte er geheißen. Die Filmemacherin Mirjam Unger hatte acht Wienerinnen in New York besucht, wo sie noch immer, als alte Frauen, Operetten von Lehár hörten und Apfelstrudel buken. Wien hatte sie vertrieben, doch das Wien ihrer Kindheit war ihnen geblieben.

Mirjam begleitete sie in die alte Heimat. Ihre erste Rückkehr. Eine hatte ihre Enkelkinder dabei. Im Taxi vom Flughafen in die Stadt fragte der Taxifahrer, woher sie käme. Wien, sagte sie. Warum reden Sie mit Ihren Enkerln dann Englisch, fragte der Taxler. Weil ich Emigrantin bin und nach dem Anschluss als Kind nach New York geflohen bin. Ja, sagte der Wiener Taxler vorwurfsvoll. Sie haben es sich gerichtet. Meine Großmutter ist hier geblieben im Krieg. Das war eine harte Zeit, aber die Juden richten es sich ja immer.

Eine halbe Stunde nach Beginn der Geburtstagsparty kam Erika selbst, begleitet von ihrer Presseagentin, zwei Blumensträuße im Arm. Die fünfzig Gäste klatschten, als sie näher kam. Hinter ihr sah ich Georg ins Belvedere Stöckl hetzen. Er streckte seinen Daumen in die Höhe. Unser Geschenk hatte funktioniert.

Wir schritten alle zu der großen, festlich gedeckten Tafel. Ich stand etwas unschlüssig herum, weil ich nicht wusste, wo mein Platz war.

«Erika möchte gerne, dass Sie sich ihr gegenüber hinsetzen», sagte die Pressefrau. Das tat ich. Zwischen uns stand eine große Torte, in der fünf Sprühkerzen steckten. Als die Kerzen angezündet wurden, machte ich ein Handyfoto. Erika strahlt wie ein glückliches Kind auf dem Bild, in ihrem roten Kostüm, die Fingernägel rosa lackiert. Die Sprühkerzen neben ihr sehen aus wie eine Sternenexplosion.

Sie blinzelte mir zu, während die Kerzen sprühten. Ich blinzelte zurück.

«94? Nothing. Just a begin», sagte sie. «Think about Noah's wife.» Und im Licht der Kerzen wirkte sie wie eine Heilige. Ein sprühender Heiligenschein um ihren blonden Kopf.

Die kleine Frau mit der hohen Perücke neben mir erzählte einen jüdischen Witz. «Zwei Juden sitzen im Zug, so ein doppelstöckiger. Der unten hört die ganze Zeit den oben jammern. Oioioi, habe ich Durst! Irgendwann hält er es nicht mehr aus und bringt dem oben Wasser. Dann geht er wieder hinunter. Kurz danach hört er von oben wieder den anderen jammern. Oioioi, hab ich einen Durst gehabt!» Ich lachte höflich. «So ist Erika nicht», sagte die kleine Frau. «Sie wäre die unten. Nie die oben! Yentls Tochter.»

«Aber meine Mutter hat nicht immer Hosen getragen, wie im Film», sagte Erika. «Das hab ich Barbra Streisand natürlich nie erzählt.»

«Wie war es denn für dich, deine Mutter von Streisand gespielt zu sehen?»

«Ich war im Kino und na ja, es ist nebbich nur ein Film.»

Sie schloss die Augen.

«Ich sehe meine Mutter vor mir. An Jom Kippur. Die Synagogen waren schon geschlossen. Sie stand den ganzen Tag am Fenster und betete. You know, Yom Kippur, it's a whole day of beten. Sie brauchte keine Synagoge. Gott ist überall.»

«Aber nicht immer», antwortete ich.

«Doch», sagte sie. «Weißt du, als meine Mutter mich

in Wien in den Zug nach Holland gesetzt hat, ich war zwölf Jahre alt, da blieb sie in Wien und versteckte sich. Aber die Nazis haben sie gefunden. Sie haben meine Mutter geschnappt und nach Oppeln verschickt, das war ein Sammelplatz, von wo aus sie die Juden in die Konzentrationslager gebracht haben. Und stell dir vor. Meine Mutter steht dort und sieht einen Esel, der einen Heuwagen zieht. Meine mutige Mutter springt in den Wagen und versteckt sich im Heu. Um sie herum überall Soldaten mit Gewehren, und sie traut sich das! So konnte sie fliehen. Zurück nach Wien. In den Keller vom Philipphof. Meine Tante hat meiner Mutter nie verziehen, dass sie im Philipphof war, bei den anderen Juden. Ich habe sie nach dem Krieg nach Israel gebracht. Dort ist sie gestorben. Ironischerweise. Sie ist in Israel begraben, meine Mutti in Wien. Dabei war sie die Zionistin. Und sie hätte nach Palästina fahren können, aber sie hat die Wiener Kinder Hebräisch gelehrt, und wenn sie fortgegangen wäre, wäre niemand mehr für die Kinder da gewesen Es ist schön, wenn man Ideale hat, sage ich mir, für die Welt. Es wäre netter gewesen, wenn ich noch eine Mutti hätte, aber wenigstens war sie da für die Welt. Und die Juden haben eine Pflicht, eine offizielle Pflicht. Tikun Olam. Die Welt verbessern. Und dann kommt jemand, versucht die Welt zu verbessern, und sie ermorden ihn trotzdem. Interesting!»

«Interessant? Empfindest du nicht Hass?»

«Hass ist ein Gefühl, das man fühlen muss. Hab ich

nicht. Ich hab nicht mal Nazis gehasst. Ich hab Gemüse gehasst, aber keine Nazis. Für die hab ich nur Verachtung.»

«Du hast Gemüse mehr gehasst als Nazis? Das muss für Nazis schrecklich sein, wenn man Gemüse mehr hasst als sie.»

Erika lachte und die kleine Frau mit der hohen Perücke auch.

«Erinnerst du dich noch an Jerusalem-Methusalem?», fragte die kleine Frau das Geburtstagskind.

«Natürlich, er war unser Direktor am Chajes-Gymnasium», sagte Erika. «Er war Einsteins Assistent.»

Vorher war Erika in der Schule in der Novaragasse gewesen, bis alle Jüdinnen die Schule verlassen mussten. In der Schule hatten sie ein Theaterstück gespielt, in der Zeit des Anschlusses. Ihr Lehrer war Antisemit und so musste sie den Tod spielen. Der Tod war ein blondes kleines Mädchen und hatte blaue Augen. Die Jüdin spielt den Tod, hatte der Lehrer gesagt.

Im Schulchor wurde sie vom Chorleiter gezwungen, von Sopran auf Alt zu wechseln. Sopran war die Führungsstimme, das ging nicht als Jüdin.

Vorzugsschülerinnen durften ins letzte verbliebene jüdische Gymnasium wechseln, das Chajes-Gymnasium eben, eine sehr gute Schule, die nach dem Ersten Weltkrieg vor allem von Kindern jüdisch-galizischer Eltern besucht wurde, weil sie nach dem Ende Österreich-Ungarns in Österreich als Ausländer galten und daher keinen Zugang zu öffentlichen Schulen hatten.

Von 1939 bis 1941 wurden jüdische Schüler und Schülerinnen noch in Vorbereitung auf die Auswanderung unterrichtet.

«BDM und HJ standen immer vor der Schule und warteten auf uns», erinnerte sich Erika. «Wenn wir rauskamen, haben sie uns geschlagen.»

«Weil wir die Intelligenten waren», sagte die kleine Frau.

«Da lernt man, nicht zu zweit zu gehen, denn wenn du zu zweit bist, dann kämpfst du, und man darf nicht kämpfen. Gott behüte, ich hau das Nazi-Mädchen, und etwas passiert, und sie blutet aus der Nase, so wie ich, da kann man meine Mutter verschleppen! Mein Vater war schon im KZ. Lieber nicht. Also lernt man, allein zu gehen und zu laufen. Und man wehrt sich nicht. Ich wartete dann immer hinter dem Tor, bis mein Nasenbluten aufhörte. Ich habe nie ein Taschentuch benutzt, weil meine Mutter sonst das Blut bemerkt hätte. Ich lernte, wie man nicht blutet», sagte Erika.

«Obwohl du arischer aussahst als die BDM-Ziegen», lachte die kleine Frau.

«Die Leute sagten meiner Mutter immer, Ihre Tochter hat so schönes blondes Haar. Und meine Mutter antwortete dann immer, Massel ist das, was sie haben sollte. Massel ist wichtiger als schönes Haar.»

«Und? Hattest du Massel?», fragte ich.

«Schau dich um. Wir sitzen im Belvedere vom schwulen Prinzen Eugen, es ist ein schöner Sommerabend in Wien. Sie haben mich nicht totgemacht, und vor mir steht eine Torte, und die Kerzen waren teurer als der Kuchen. 94! Masel tov!»

«Müssen nicht wir das sagen, Masel tov?», fragte ich.

«In meinem Alter schadet es nicht, sich das auch selbst hin und wieder zu wünschen!»

Wir prosteten ihr zu. Ihr Sektglas war randvoll gefüllt, aber sie führte es unfallfrei zum Mund. Natürlich.

«Die blonden Zöpfe waren ein Glück. Die Freunde meiner Mutti sind oft gekommen und die wollten zum Beispiel ein Visum abholen, aber wenn du auf der Straße warst, konntest du verhaftet werden, so willy-nilly.»

«Willy-nilly?»

«Willkürlich. Ohne Grund. Nur weil du auf der Straße warst und jüdisch, das hat gereicht und dann hat man dich verhaftet. Also sind sie zum Gymnasium gekommen und haben mich abgeholt, damit ich sie mit meinen blonden Zöpfen zum Amt begleite und man sie nicht verhaftet. Und die anderen Kinder in der Schule haben sich sehr geärgert. Warum darf sie weg und wir müssen in der Schule bleiben? Weil sie ausschaut wie a Schickse! Das war sehr nützlich. Ich war die Tarnung. Ich hab die Zöpfe noch.»

«Hast du sie damals abgeschnitten und eingesteckt?»

«Nein, die wurden in New York abgeschnitten. Es war zu viel Arbeit. So lange Haare. Und wenn dich niemand will und mag, wer wird dir die Haare waschen? Das geht nicht. Also hab ich sie abgeschnitten. Selber.»

«Aber hattest du nicht Angst, wenn du so als kleine Tarnung mitgegangen bist?»

«Angst wird einem beigebracht. Meine Mutti hat sie mir nicht beigebracht. Ich kann mich noch erinnern, als ich sehr klein war, bin ich an ihrer Hand spazieren gegangen. Es gab in Wien ein Haus der Sozialdemokratie, ich glaube, am Praterstern, und da läuft plötzlich ein Mann mit Bajonett über die Straße und hinter ihm ein anderer Mann mit Bajonett, der den ersten verfolgt. Und in der Hand meiner Mutter war überhaupt keine Veränderung, kein Drücken, keine Angst, gar nichts. Siehst du, sagt sie zu mir, der eine läuft mit einem Bajonett dem anderen nach, das heißt Kriegsspiel. Und wir sind ganz normal weiterspaziert, als wäre nichts geschehen.»

«Wie sind deine Gefühle für Wien?»

«Weißt du, ich habe keine. Ich habe nichts gegen Wien, ich habe aber auch keine Gefühle für Wien. Für mich war das Wichtigste, dass sich meine Mutti nicht schämen muss für mich. Und sich keine Sorgen macht. Mein Vater war Sozialdemokrat, Arzt und Außenminister im tschechischen Schattenkabinett und schon früh im KZ. Und meine Mutter hatte immer Sitzungen mit den Zionisten. Ich blieb bei meinen Tanten und meiner Großmutter, bis sie starb. Eines Abends musste meine Mutter zu einem Meeting und ich habe geweint. Und meine Tanten waren wütend auf meine

Mutter. Ich habe den Streit gehört und beschlossen, das kommt nicht mehr vor. Also habe ich nie mehr geweint.

Dann sind wir umgezogen zu sechs fremden Menschen in eine kleine Wohnung und ich erinnere mich, dass jemand meine Mutter fragte, ob es nicht ein Problem sei, dass sie so oft zu diesen Treffen ging und ihr kleines Kind allein zu Hause blieb, und sie sagte, überhaupt nicht, meine Tochter ist kein Problem. Sie liest ihre Bücher und schläft ein, gar kein Problem. She gives me no Ärger. Ich denke, ich habe das für sie gemacht. Stell dir vor, ich wäre ein Kvetch gewesen und ich hätte ihr das Leben schwer gemacht, schwerer, als es eh schon war!»

«Kvetch?»

«Eine Jammerin, eine, die sich ständig beklagt. Das wollte ich nicht sein.»

Nach dem Essen wurden die Geschenke gebracht. Georg kam zu mir und zeigte mir unseres auf dem Handy.

«Das hast du toll gemacht», sagte ich.

«Es war nicht so schwer. Der Bürgermeister hielt es auch für eine gute Idee», sagte er.

Wir stellten uns in der Reihe der Gratulanten an, bis wir an der Reihe waren.

«Alles Gute zum Geburtstag, Erika», sagten wir, und Georg zeigte ihr das Handyfoto der grünen Bank.

«Was ist das?», fragte sie.

«Deine Bank. Die Stadt hat dir eine Bank ans Hrdlicka-Denkmal gestellt, damit du sitzen kannst, wenn du deine Mutter besuchst», antwortete Georg.

«Oh, so sweet», sagte Erika und lächelte.

Die Bank war nach wenigen Tagen wieder weg, weil die Hrdlicka-Erben Einspruch erhoben. Die Bank ruiniere den Gesamteindruck des Werkes. Aber einmal saß sie dort, erzählte Georg. Man habe sie auf der Bank sitzen sehen.

«Das ist schön», sagte ich. «Immerhin.»

Ich rief Erika an.

«Das war nicht ich, auf der Bank», sagte sie. «Das war eine andere alte Frau. Für die meisten Menschen sehen alle alten Frauen eben gleich aus.»

Am nächsten Mittwoch lag ich krank im Bett.

Erika schickte mir eine SMS. *Get well soon if you wish. Aber mach es dir bequem. Sending you good thoughts for baldige Besserung, Erika.*

Ich lag im Bett mit moderatem Fieber und grotesk übersteigertem Schlafbedürfnis. Mein Husten weckte mich manchmal auf. Was das Knirschen meiner Zähne niemals schaffte. Man zermalmt ungelöste Probleme, sagte mein Zahnarzt, der fast stolz darauf war, dass ich als sein erster Patient sogar den Titan-Stift des Implantats knirschend zerstört hatte. Das sei noch nie jemandem gelungen, sagte er mit anerkennendem Gesichtsausdruck. Sollte ich stolz auf diese Leistung sein? Tatsächlich hieß das nur, dass ich noch einmal einen sauteuren Stift aus der Weltraumforschung bezahlen musste. Der Beißer.

Ich schaute meine Mails durch. Eine befreundete Journalistin hatte mir Informationen zu Erika geschickt, mit der Betreffzeile «Hast du das alles gewusst?».

1960 wurde Erika persönliche Beraterin der Vereinten Nationen zur Förderung Jugendlicher in Entwicklungsländern. 1962 entwickelte sie einen interkulturellen Lehrkurs zur psychologischen Stärkung und Unterstützung der New Yorker Polizei. Das war ja allerhand. Ich rief sie an.

«Die Polizei? Ich dachte, du hättest vielleicht Probleme gehabt mit Männern in Uniformen, weil du als Kind schlechte Erfahrungen gemacht hast.»

«Nur mit braunen Uniformen. Die Polizei in New York trägt ja blaue.»

«Und Blau magst du.»

«Schon. Ich war damals bei der Polizei, und sie saßen da in diesem Raum und alle sahen so traurig aus. Sie hatten damals eine harte Zeit, alle schauten auf sie herab. Da dachte ich mir, man müsste etwas für sie tun.»

Ich begann zu husten.

«Are you ok?»

«Ja», sagte ich.

«You should sleep and auskurieren.»

«I will destroy my teeth, when I sleep.»

«Tu das nicht, so viele hat man nicht.»

«Ich bemühe mich.»

«Gut. Also hab ich es gemacht, für diese Cops. Ich nannte es nicht Therapie, es war mehr eine Art Gruppengespräch. Sie haben ihre Probleme mit mir diskutiert. Sie dachten, es ist eine Diskussion, aber tatsächlich hatte es eine therapeutische Wirkung auf sie. Es geht immer darum, wie du es nennst.»

«Das Wort Therapie hätte sie abgeschreckt.»

«Genau. Damals kamen zum Beispiel viele Puerto-Ricaner nach New York. So alt bin ich schon. Und die Polizisten haben sie nicht verstanden. Die Puerto-Ricaner standen an den Straßenecken zusammen, und wenn Polizisten eine Menschengruppe sehen, wittern sie Gefahr. Aber Puerto-Ricaner sind wie Juden, sie stehen einfach gern zusammen. Sie reden, gestikulieren und dann gehen sie wieder weg. Ich habe versucht, mit ihnen kulturelle Unterschiede zu besprechen. Viele waren Iren. Irland ist weit weg von Puerto Rico.

Die armen Iren. No Irish Need Apply, solche Schilder hingen an Fabriktoren, als sie eingewandert sind. Die Iren galten als dumm und ständig betrunken, keiner wollte sie. Stereotype. Immer muss man auf jemanden hinabschauen. Aber beim Hinabschauen macht man so einen hässlichen Buckel. Das ist außerdem ungesund.»

«In Irland haben sie so einen Spruch über das Trinken», warf ich ein. «Man ist erst dann wirklich betrunken, wenn man nicht mehr alleine, ohne fremde Hilfe auf dem Rücken liegen kann!»

«Das war für die amerikanischen Puritaner sicher schwer zu begreifen. Meine Polizisten waren natürlich nüchtern, wenn ich sie traf. Und ich hab ihnen erklärt, wenn ein Filipino etwas tut, sieht es für uns vielleicht nach etwas ganz anderem aus. Das hat funktioniert. Es wurde dann Teil der Ausbildung in der Police Academy.»

Ich musste lachen, weil ich an die Filme dachte. Police Academy. Dümmer als die Polizei erlaubt. Die Vorstellung, Erika sei mitverantwortlich dafür, gefiel mir.

«What's so funny», fragte sie irritiert.

«Nichts. Aber das solltest du vielleicht wieder machen, die Polizei therapieren, in den USA gibt es ja viele Probleme mit denen», schlug ich vor. «Obwohl, von Polizeiübergriffen in New York hört man seltener, also war deine Arbeit vielleicht wirklich nachhaltig. Man sagt doch, Frauen mögen Männer in Uniformen. War das bei dir auch so?»

«Ich bin nicht Frauen. Das ist mein Problem. Ich passe nicht ins Stereotyp.»

«Also hast du sie nicht erotisch gefunden.»

«Ich war emotional so gehemmt, das wäre mir gar nicht in den Sinn gekommen. Die Uniform war für mich Politik, nicht der Mann in ihr.»

In den Unterlagen meiner Freundin fand ich noch mehr über Erikas Lebensleistung. 1964 schreibt sie eine bemerkenswerte Studie über das Familienleben in einem Kibbuz in Israel. Unter ihrer führenden Beteiligung wird die «World Association for Social Psychiatry» gegründet, 1971 startet sie eine Vorlesungsreihe über sexuellen Missbrauch in der Ehe, sie gründet eine Organisation, die Forschungen zu Gruppendruck und Gruppenzwang durchführt. Sie initiiert die Gründung des «Raoul Wallenberg Committee» und des «Dr. Judith Resnik Challenger Memorial», einer Organisation zur Erinnerung an die erste jüdische Astronautin, die beim Challenger-Unglück ums Leben kam. Und so weiter. Ich legte den Text der Journalistin auf den Nachttisch, trank eine Tasse Tee mit Honig und sprühte mir ein Spray in die Nase. Zweimal pro Loch. Ich hustete und zog mir die Decke bis zum Kinn, obwohl es draußen über 30 Grad hatte.

So lag ich da und stellte mir die zwölfjährige Erika vor. Wie sie von ihrer Mutter zum Wiener Westbahnhof gebracht wird. Allein in einen Zug steigt.

«Ich dachte, von jetzt an wird nie mehr etwas gut», hatte sie mir erzählt. «Nie mehr.»

Ein Cool Mint Mouth Wash, ein Showergel, ein Shampoo von Asprey, London, zwei Imperialtörtchen.

«Wie schön, dass du wieder gesund bist. Alle Zähne noch drin?»

Ich nickte und stellte die Geschenke unter den Tisch. Dabei stieß ich an das Tischbein, aber Erika hatte die volle Kaffeetasse schon vorsorglich vom Tisch gehoben.

«Wenn ich versuche, dein Leben chronologisch anzugehen», setzte ich an.

«Dann wird es problematisch», antwortete sie und nahm einen Schluck Kaffee. «Because the trouble with being an analyst is that we do free association. Ich beginne mit meiner Geschichte, und plötzlich meldet sich ein ganz neuer Gedanke.»

«In welchem Bezirk bist du auf die Welt gekommen?»

«Im dritten, aber ich erinnere mich besser an unsere Wohnung im zweiten.»

«Die Mazzesinsel.»

«Genau, so nannte man den zweiten Bezirk, weil es so viel Juden da gab. Im zweiten war die dramatischste Zeit. Wir flogen aus jeder Wohnung raus. Nazis kamen, mochten die Wohnung, nahmen, was ihnen gefiel, und schmissen uns raus. Schließlich landeten wir am Ende der Ausstellungsstraße. Niemand wollte dort wohnen. Sechs Leute in einem Raum. Herr Neumann, ein Invalid, ihm gehörte die Couch, da lag er drauf. Seine Frau war Christin und besuchte ihn mit dem Hund. Der Hund liebte ihn, lebte aber bei ihr. Vielleicht gab es ein Gesetz, das Hunden Umgang mit Juden verboten hat. Dann gab es eine andere Frau mit Couch, meine zwei Tanten, meine Mutter und mich.»

«Und dein Vater?»

«Er ist viel rumgereist, weil er ja im Schattenkabinett der Tschechoslowakei Außenminister war, hab ich dir das schon erzählt? Er war Mediziner, aber auch Politiker. Sozialdemokrat. Arthur Gross-Polesiuk war sein Name.»

«Polesiuk ist dein Mädchenname?»

«Ja, mein Vater kam aus Czernowitz, wo alle intelligenten Juden herkommen. Er ist viel herumgereist und hat wunderbare Geschichten erzählt. Er nannte mich Putzika.»

«Putzika?»

«Ja, eine Mischung aus Putzi und Erika.»

«Das klingt lieb. Als Sozialdemokrat war er wahrscheinlich nicht sehr religiös.»

«Überhaupt nicht», sagte sie. «Meine Mutti war die einzige Zionistin in ihrer Familie und er der Einzige in seiner, der kein Zionist war. Sein Bruder, einer der Gründer der Kibbuz-Bewegung, hat in der Nähe von Haifa im schönsten und reichsten Kibbuz Israels gelebt. Ich hätte auch nach Palästina auswandern können. Ich hatte ein Zertifikat. Eine Art Blankoscheck. Ohne Namen. Und da hab ich zu meiner Mama gesagt, das soll ein anderes Kind bekommen, damit das andere Kind gerettet werden kann. Ich hatte nämlich auch ein Visum für die USA, wegen meinen Verwandten dort. Auf dem stand mein Name, das konnte ich nicht an andere weitergeben.»

«Da war deine Mutter bestimmt enttäuscht.»

«Ja, natürlich. Sie sagte, du fährst nach Palästina, das ist der Traum. Für dieses Ziel arbeite ich seit Jahren. Aber ich wollte lieber ein anderes Kind retten.»

«Und ist ein anderes Kind nach Palästina gefahren?»

«Ja. Ich würde gerne wissen, wer das war. Ich hatte das Zertifikat bekommen, weil meine Tante und mein

Onkel schon in Palästina waren. Die Engländer haben nur tausend Stück ausgestellt. Sie haben den Juden Israel versprochen, das war leicht gesagt, weil das Land zu dem Zeitpunkt noch den Osmanen gehörte. Und dann, nach dem Ersten Weltkrieg, als es ihr Protektorat war, wollten sie sich nicht mehr daran erinnern. Interessant. Magst du ein Croissant?»

«Nein, danke. Hattest du denn irgendeine Vorstellung von Palästina?»

«Ich habe nur gewusst, dass meine Mutter mir als Kind versprochen hat, wenn ich nach Israel fahre, muss ich keine Einlagen mehr tragen, weil ich barfuß am Strand gehen kann.»

«Du hast als Kind Einlagen getragen?»

«Ja, komisch, allerlei Versprechen. Damals war ja fast alles nur Sand. Das haben die Juden ja erst gebaut. Tel Aviv und alles andere. Und ich hätte mitgeholfen.»

«Ohne Einlagen.»

«Ohne Einlagen. Danke schön.»

Der Kellner hatte ihr noch zwei weitere Kipferln und eine Marillenmarmelade hingestellt.

«Frau Doktor», sagte er.

«Thank you», sagte sie, und als er gegangen war: «Er sagt immer Frau Doktor zu mir.»

«Weil du eine bist.»

«Ja, aber hast du zufällig das *Zeit Magazin* gesehen?»

«Bei dem du auf dem Cover bist? Ein sehr hübsches Bild ist das von dir.»

«Diese Hamburger Journalistin hat geschrieben,

ich hätte meinen Abschluss an der Columbia University gemacht. Das stimmt nicht. Ich habe da meinen Doktor gemacht! Sie hat nicht geschrieben, dass ich Dr. Freeman bin, sie hat versucht, mich kleiner zu machen, als ich bin. Es gibt dieses Problem manchmal unter Frauen. Der anderen nichts gönnen. Willst du nicht doch ein Kipferl?»

«Kostet hier nicht ein Kipferl so viel wie ein Einfamilienhaus in Niederösterreich?», fragte ich zurück.

«Ich lade dich ein», sagte sie und schob mir eins rüber. «Ich muss mich endlich upgraden lassen. Ich bin ein Gold Member hier im Hotel. Und sie haben diese merkwürdige Regel, je öfter du hier absteigst, umso höher wirst du upgegradet. Das Höchste ist Platinum, aber sie graden dich nicht up, wenn du hier eine lange Zeit am Stück wohnst. Ich bin jetzt ja schon ein Jahr im Imperial.»

«Du bist hier schon zwei Jahre», verbesserte ich sie.

«Du hast recht. Zwei Jahre. Also schulden sie mir ein Upgrade auf ein kleines Aluminium oder Platin. Und Platin würde bedeuten, dass ich eine zweite Person zum Frühstück einladen kann.»

«Aber Gold klingt schon so wertvoll.»

«Gold heißt, du bekommst ein gutes Zimmer. Aber ich habe schon ein gutes Zimmer bekommen, als ich das erste Mal kam. Ich müsste jeden Tag ausziehen und wieder einziehen, dann bekäme ich Platinum.»

«Das klingt ein bisserl meschugge, wie du sagen würdest.»

«Sehr meschugge. Ich werde mit ihnen sprechen.»

«Es sollte eigentlich mehr sein als Platinum in deinem Fall.»

«Zum Beispiel?»

«Titan.»

Sie lachte. «Dann könnte ich den ganzen ersten Bezirk zum Frühstück einladen. Will ich das? Nein. Du reichst mir.»

DREI | *Der Zug*

Während ich im Café des Hotel Imperial auf Erika wartete, erzählte mir der Kellner, dass das Palais vor 150 Jahren das modernste in ganz Wien gewesen sei, sie hatten sogar im zweiten Stock warmes Wasser. Trotzdem hatte die Frau des Herzogs von Württemberg sich geweigert, auch nur eine Nacht hier zu schlafen, weil es nah an der Stadtmauer lag, die erst vor Kurzem abgerissen worden war. Niemand wollte hier wohnen, es sah schrecklich aus, überall die Schuttreste. Also hat der Kaiser gesagt, hier können die Juden bauen.

Erika kam, im Sackerl Seifen und Shampoos, und ich erzählte ihr das mit dem warmen Wasser.

«Es ist immer noch warm», sagte sie. «Sogar im vierten Stock.»

«Das ist gut», sagte ich und verstaute ihr Geschenk in meiner Tasche. Es war mir zusehends peinlich, immer mit einem Geschenksackerl durchs Foyer zu gehen. Ich war doch kein in die Jahre gekommener Toy Boy.

«Weißt du», sagte sie. «Es ist wirklich richtig nett

hier. Mein Zimmer ist sehr schön und groß. Sie haben mich nach meiner Operation verlegt. Mein Cousin war auf Weltreise und kam hier vorbei, dem hab ich mein Zimmer gezeigt. Er sagte, das sieht ja aus wie das Gemach einer Prinzessin. Es stimmt. Aber warum ich so gerne hier bin? Sie behandeln mich wie eine Lady, obwohl ich ohne Mann da bin. Und andere Hotels? No. Überhaupt, wenn du nur eine ältere Dame bist.»

«I thought, ältere Damen are always treated well?»

«Not if you are alone.»

«But you are famous, jeder ist nett zu dir.»

«Es ist lustig zu denken, ich sei berühmt. Ich? Ich kenne wirklich berühmte Leute. Barbra Streisand, Liv Ullmann, das ist Ruhm.»

«Ja, aber du bist in Österreich, und hier gibt es den Begriff *weltberühmt in Österreich*. Das zählt hier mehr. Was ist schon der Rest der Welt, compared to Vienna!»

«Damals war der Rest der Welt meine Rettung.»

Rifka, so hätte ihre Mutter ihr Kind gerne genannt, aber ihr Vater fand, der Name sei zu jüdisch. Erika war in den späten Zwanzigern ein Modename, und so wurde sie eben Erika getauft.

«Rifka», sagte ihre Mutter jetzt. «Wir müssen aufbrechen.»

Es war Februar 1940, und sie gingen zum Bahnhof, Erika an der Hand der Mutter, die ihren kleinen Koffer trug. Mit der Tram fuhren sie die Mariahilfer Straße hinauf zum Westbahnhof, der damals noch imperial aussah. Ein großer K.-u.-k.-Bahnhof aus der Mitte des 19. Jahrhunderts. Viele Männer in Uniform, ein SS-Mann hob das blonde Mädchen hoch, sagte: «So sieht ein deutsches Mädel aus», und lächelte, bis er den Stern auf der Brust der Mutter entdeckte.

Auf dem Bahnsteig für den Zug nach Amsterdam gingen sie zu einem Waggon, in dem nur Juden saßen. Erika war das einzige Kind, es war kein Kindertransport. Die Mutter hielt ihre Hand fester als sonst. Im Waggon hielten sie vor einem Abteil, in dem eine Frau mit ihrer Tochter saß, die Anfang zwanzig war. «Meine Mutti hat mich beiden vorgestellt und sie gebeten, auf mich achtzugeben. Ich sei allein und noch ein Kind.»

Dann stieg die Mutter aus und stellte sich vors Fenster, aber Erika sah nicht hinaus. Lange stand die Mutter da, vor dem Fenster, und blickte ihre Tochter an.

«Ich habe gespürt, dass sie da steht», sagte Erika, «aber ich habe nicht hinausgeschaut, habe nicht gewinkt. Ich habe mich geweigert, zum Fenster zu gehen. Und ich bin immer noch traurig. Als Analytikerin denke ich mir heute, dass ich wütend auf sie war, weil sie mich wegschickte. Heute tut es mir so leid. Und dann rollte der Zug los. Ich sah immer noch nicht aus dem Fenster. Ich blickte starr vor mich hin. Wie gelähmt. Und dieser Gedanke spaziert ohne Gefühle durch meinen Kopf, nicht einmal traurig, sondern einfach so. Heute scheint die Sonne, morgen wird es regnen, du wirst nie mehr glücklich sein. Meine Tante, die überlebte, sagte mir später in New York, dass sie meine

Mutter gedrängt habe, mich fortzuschicken. I told your mother to send you away! Und plötzlich fiel mir ein Stein vom Herzen. Ich hatte in meinem Unbewussten bis dahin immer das Gefühl gehabt, dass sie mich nicht haben wollte. Logik hat damit nichts zu tun. Es war ein Gefühl. Und das ist stärker als der Geist.»

Der Zug rollte durch Österreich, durch Deutschland, und sie dachte, sie würde nie mehr glücklich werden.

«And something closed inside myself.»

Die Mutter und die erwachsene Tochter redeten nicht mit ihr. Auch sie waren auf dem Weg nach Amerika. Erika saß schweigend und still im Abteil. Ein Kind allein auf dem Weg in ein neues Leben, ein fremdes Land.

«Dabei hatte meine Mutti doch die beiden gebeten, sich um mich zu kümmern, damit ich irgendjemanden kenne on the train. Ich saß einfach da und versuchte meiner Mutter eine gute Tochter zu sein. Dass sie sich nicht schämen muss für mich.»

In Amsterdam warteten zwei Männer an dem Waggon mit den Juden aus Wien. Als Erika ausstieg, sagte einer der beiden: «So jung und schon jüdisch!»

«Das ist eigentlich wie ein guter Witz», sagte ich.

«Ja, es klingt wie Tante Jolesch», sagte Erika.

Sie mussten zwei Wochen auf die Abfahrt des Schiffes von Rotterdam warten. Erika hatte zehn Schilling dabei. Sie kaufte davon Zucker und Brot und schickte es nach Wien.

Ein kleines Haus in Amsterdam, voll mit Juden. Die

Treppe in den zweiten Stock war steil wie eine Leiter. Anfang März. Es regnete. Die nahe Nordsee fiel vom Himmel auf die Stadt.

«Und dein Vater? Was wusstest du über sein Schicksal, bevor du aufs Schiff gestiegen bist?»

«Wir hatten die Nachricht bekommen, sie hätten ihn im Konzentrationslager ermordet.»

Der Kellner kam und fragte, ob ich noch etwas zu trinken haben wolle.

«Nein, danke», sagte ich, im Kopf Erikas toten Vater. Putzika.

«Sie hatten heute erst einen einzigen Espresso. In einer Sendung trinken Sie mehr als hier bei mir», sagte der Kellner.

«Er hat recht», sagte Erika.

«Womit? Dass ich hier zu wenig trinke oder in der Sendung zu viel?»

Sie lachte. «Beides stimmt.»

«Gut, ein Wasser», sagte ich.

«Still oder ganz verrückt mit Kugerln?», fragte der Kellner.

«Ein verrücktes Wasser.»

Kurze Zeit später brachte er mein Wasser und zwei Croissants auf einem großen Teller.

«Danke schön», sagte Erika. «Die guten Imperialkipferln.»

«Die sind sehr klein. Wie Zwergencroissants», sagte ich.

«Ja, kleine. Deshalb bekomme ich immer zwei.»

«Eins ist ja nichts. Eins könnte verloren gehen auf dem großen Teller. So wie du als kleines Mädchen in der Welt hättest verloren gehen können.»

«Mittlerweile werden in der Gastronomie die Teller größer und die Portionen kleiner. Fascinating.»

«Wir sprechen über deinen toten Vater und deine Flucht und du dann über Croissants. Das ist auch fascinating.»

«Weil alles gleichzeitig ist. Der große Massenmord und die kleinen Kipferl.»

«Wenn wir grad über groß und klein sprechen. Als du auf dem Schiff warst ...»

«Das Schiff. Ich hatte eine Kabine zusammen mit der Mutter und ihrer Tochter. Die, die meine Mutter in Wien am Bahnsteig angesprochen hatte. Und kannst du dir das vorstellen? Ich habe sie nie gesehen während der Überfahrt. Obwohl wir die gleiche Kabine hatten. Sie sind mir aus dem Weg gegangen, hatten ihre eigenen Sorgen. Sogar auf einem Schiff schaffst du es, dir nicht zu begegnen, wenn du nicht willst. Weißt du, ich war ein sehr höfliches Kind. Vielleicht zu höflich. Und es gibt Menschen, die mögen Kinder nicht.»

«Also warst du ganz alleine?»

«Es gab einen gleichaltrigen Buben. Er hieß Michael Freund und wurde mein Freund. Lustig, mein erster Analytiker in New York hieß auch *Friend.*»

«Ein gutes Zeichen.»

«Na ja, er war ein miserabler Analytiker, aber der Bub Michael Freund war sehr nett. Wir sind überall herumgelaufen auf dem Schiff, weil es nur eine Klasse gab. Wir fuhren nach Liverpool und mussten warten, weil der Kanal vermint war.»

«Da hast du dich nicht gefürchtet?»

«Nein, mir wurde ja nie beigebracht, mich zu fürchten.»

«Und hast du dich auf Amerika gefreut?»

«Damals war Israel der Traum, Palästina. Nicht Amerika. Ich hatte keine Vorstellung von Amerika, es war einfach nur das Land, in das ich flüchtete, weil ich nicht nach Palästina konnte.»

«Und wie dann die Freiheitsstatue auftauchte, hast du da nicht auch dieses Gefühl gehabt, das so viele Flüchtlinge beschreiben? Dieses Gefühl eines sicheren Hafens?»

«Michael sagte, da drüben ist die Freiheitsstatue. Ich bin mit ihm übers ganze Schiff auf die andere Seite des Decks gelaufen, aber wir konnten rein gar nichts sehen. Nichts als Finsternis. Es war 1940 und New York war verdunkelt. Die Statue natürlich auch. Erst am nächsten Morgen durften wir anlegen.»

«Spooky. In einem dunklen Hafen, einem fremden Leben, nur Ungewisses vor sich.»

«Ich weiß nicht. Es ist dunkel, dann ist's dunkel. Es ist hell, dann ist's hell. Ewige Dunkelheit gibt es nicht! Wir lernen die falsche Angst voneinander. Vor allem unser Unbewusstes lernt es, also merken wir nicht einmal, dass wir es gelernt haben. Du erwirbst Angst. Ich hab Angst nicht erlernt.»

Mein Handy vibrierte. Ich las die Nachricht und seufzte. Sie schaute mich fragend an.

«Nichts, ein Kollege.»

«Willst du darüber sprechen?»

«Eigentlich nicht. Weißt du, ich habe es teilweise mit sehr narzisstischen Menschen zu tun, die sich wie Achtjährige verhalten. Wie geht man mit Narzissten um?»

«Wie gehst du mit jemandem um, der verliebt ist? Der Narzisst ist verliebt in sich selbst.»

«Aber er ist wie ein depressiver Liebhaber.»

«Natürlich», sagte sie. «Wenn du dich selbst liebst und merkst, dass du der Einzige bist, der in dich verliebt ist, wärst du da nicht auch depressiv? Love is for sharing.»

«Wie gehst du in deiner Arbeit mit Narzissten um?»

«Ich stelle keine Diagnosen. Wenn du ein Urteil fällst, bleiben sie darin stecken.»

«Dieser Kollege war dreimal beim Therapeuten, dann hat er gesagt, er hört auf, es bringt ja nichts, weil er viel intelligenter als der Therapeut ist.»

«Vielleicht stimmt es ja, ihr Kreativen seid sehr intelligent.»

«Also, ich kenne viele Kreative, die richtig dumm sind.»

«Du kannst nicht dumm sein und kreativ. You may not be smart, but you can't be stupid.»

Ich biss in das Schokocroissant.

«Ich versuche immer der stabilisierende Part zu sein, der Felsen.»

«Und du bist ein lustiger Felsen», sagte sie. «You are a funny rock. Lass es laufen, wie das Wasser über den Rücken einer Ente.»

«Aber es ist wie ein Hamsterrad», sagte ich und wischte die Brösel von der Hose.

«Wenn du das erkannt hast, musst du ja nicht in dem Hamsterrad bleiben», sagte sie. «Der Hamster wird sich nicht ändern. Solange das Hamsterrad nicht über dich drüberrollt, lass es laufen. Stell dich neben den Käfig. Unterhaltung ist ein schwieriges Business. Mach es nicht noch schwieriger, als es ist. Ich bin nicht gut mit normalen Neurotikern. Du musst meschugge neurotisch sein, dann geht es.»

«Ich will dich nicht langweilen, Erika.»

«Es ist interessant, wenn es dich interessiert.»

«Wie könnte man Putin heilen? Was würdest du tun, wenn er auf deiner Couch läge.»

«Es braucht nicht viel, sie ein wenig in eine andere Richtung zu bewegen.»

«Aber wie?»

«You talk to them. Du gibst ihnen das Gefühl, größer zu sein. Auf der anderen Seite ist es mit Männern sehr kompliziert.»

«Mit kleinen Männern vor allem», sagte ich.

«Männer sind immer sehr interessiert an Größenverhältnissen. Viele, nicht alle.»

«Mein Vater hatte kleine Füße. Schuhgröße 40. Und er sagte immer, Männer mit großen Füßen seien dumm.»

«Siehst du?» Sie lachte.

«Also denkst du, der Krieg basiert auf einem Penisproblem?»

«Sie sind alle Kinder. Es geht immer um das Ego. Und es gibt einen Grund dafür, warum wir vom Napoleon-Komplex sprechen. Läge Putin auf meiner Couch, dann könnte ich ihn wahrscheinlich überzeugen, dass er ein toller Mann ist, auch ohne Kriege vom Zaun zu brechen. Ist er eigentlich kleiner als Napoleon?»

«Das weiß ich nicht, aber Napoleon war überhaupt nicht so klein. Es gibt Forschungen, die zeigen, dass er ganz durchschnittlich war.»

Sie winkte ab. «Sie wollen die Geschichte verändern. Er muss klein gewesen sein, nur deshalb brauchte er ein Großreich.»

«Ich bin recht groß, lebe ich deshalb im kleinen Österreich?»

«Vielleicht. Wärst du noch größer, würdest du in Andorra leben. Oder San Marino. Welche Schuhgröße hast du?»

«42.»

«Nicht viel für deine Größe.»

«Darum fand mein Vater mich nicht allzu dumm. Nicht einmal während der Pubertät.»

«Das ist gut, wenn dein eigener Vater dich nicht für einen Dummkopf hält. Da hast du Glück gehabt mit deinen kleinen Füßen.»

Ich blickte verstohlen unter den Tisch. Natürlich hatte Erika kleine Füße. Als Sohn meines Vaters hätte mich alles andere auch gewundert.

«Und dann?», fragte ich.

«Was meinst du?»

«Als du an Land kamst. New York.»

«Meine Familie holte mich ab, wir fuhren in die Bronx, in den schlechten Teil der Bronx, und weißt du, ich habe es sofort gespürt.»

«Was?»

«Ihre Ablehnung. Das waren entfernte Verwandte, Cousins. Er war Kellner, sie hat nicht gearbeitet, zwei Kinder. Ich habe sie von Anfang an genervt. Meine Familie waren Intellektuelle, so bin ich aufgewachsen. Sie haben mich nicht gemocht und nicht verstanden. Wenn Menschen dich nicht wollen und du ein kleines Kind bist, dann spürst du das, und sie lassen es dich auch spüren. Fascinating. Ich habe da nur geschlafen, aber nicht mit ihnen gelebt. Ich konnte damals Hebräisch, Deutsch und Französisch, und kein Wort Englisch. Also sitze ich bei ihnen zu Hause und studiere Englisch und sie sagen mir die ganze Zeit: Geh auf die Straße und spiel! Damals spielte ein gut erzogenes Mädchen nicht auf der Straße, wo all die Lausbuben waren. Wer hat denn an so etwas gedacht? Anstatt rauszugehen, habe ich nur gelernt. Und eines Tages kommt eine Frau in die Wohnung, eine Sozialarbeiterin. Ich dachte, ich habe eine neue Freundin, war sie aber nicht. Sie wollte nur mit mir reden, weil ich ins Waisenhaus kommen sollte. Ich hatte bis dahin gar nicht gewusst, dass man Kinder wegschmeißt, wenn man sie nicht haben will, aber so etwas gibt es. Why would parents throw their children away? You can keep them.»

«Deine Verwandten haben dich in ein Waisenhaus gesteckt? So herzlos? Das klingt ja wie eine Geschichte von Charles Dickens!»

«Immerhin war es nicht neblig und in London, ich kam in eine wunderhübsche Schule, Pleasantville Cottage School hieß sie, die aus vielen kleinen Häuschen bestand. Viel schöner als die Wohnung in der Bronx, und alle waren freundlich zu mir.»

«Aber es war ein Waisenhaus. Gute Nacht, ihr Prinzen von Maine, ihr Könige von Neuengland.»

Daheim sah ich mir im Internet Bilder der Schule an, wo seit mehr als hundert Jahren jüdische Waisenkinder untergebracht wurden. Pleasantville ist 25 Kilometer entfernt von New York City. Ahornbäume, amerikanische Platanen, kurz geschnittener Rasen, ein richtiges Idyll, betrieben von der Jewish Child Care Association. Als Erika dort war, lebten 3500 Kinder im Heim, viele waren aus Europa gekommen, aus Deutschland und Österreich.

In der Newsweek stieß ich auf einen aktuellen Artikel. In einem Mädchenhaus war es zu einem brutalen Angriff von acht Mädchen zwischen vierzehn und sechzehn gekommen. Sie rissen einer Sozialarbeiterin in der Nacht das Handy aus der Hand und schlugen ihr damit auf den Kopf. Dann schnitten sie ihr die Haare ab, überschütteten sie mit Alkohol und setzten sie in

Brand. Am Ende warfen sie die junge Frau zwei Stockwerke die Treppe hinunter und übergossen ihre offenen Wunden mit Chlorbleiche. Mehr als eine Stunde lang folterten sie ihr Opfer, bis sie von ihm abließen. Diese Bilder hatte ich nun im Kopf, wenn Erika über ihre Zeit in Pleasantville sprach. So etwas hatte sie nie erlebt.

Sechs Monate nach ihrem Umzug nach Pleasantville meldete sich die Sozialarbeiterin bei Erika und wunderte sich. Sie sei von ihren Verwandten aus Verzweiflung abgegeben worden, weil sie so wild und unzähmbar gewesen sei. Aber tatsächlich habe sie sich ja als ein außerordentlich braves Mädchen erwiesen, wie ihre neuen Pflegeeltern und die Schule übereinstimmend berichteten. Warum hatten die Verwandten gelogen?

Heute, sagt Erika, sei ihr klar, dass es keine Lüge gewesen, dass Erika aus ihrer Perspektive tatsächlich ungehorsam gewesen sei, weil sie eben nicht auf der Straße spielen wollte, sondern immer nur zu Hause Englisch lernte.

«Das war mein Problem mit der Disziplin», erklärte sie.

«Du warst zu brav und das war nicht in Ordnung.»

«Ja, aber das Gute an meiner Schule war, dass da niemand Eltern hatte. Ich war nicht allein allein, wir waren es alle. Darum habe mich in der Zeit so wohl gefühlt. Ich wurde erst Sprecherin meines Hauses, the commissioner, dann Präsidentin der Schule.»

Und schließlich bekam Erika zusammen mit drei anderen Mädchen ein Stipendium für die Highschool. Hin fuhren sie mit dem Bus, zurück ging es zu Fuß, 45 Minuten, quer über einen Golfplatz, zurück ins Heim. Sie machte ihren Highschool-Abschluss mit sechzehn.

«Also war Englisch für dich kein Problem mehr?»

«Nein.»

«Du warst zwölf, konntest kein Wort und schon ein paar Monate später ...»

«Ja.»

«Weil du nicht auf der Straße gespielt hast.»

«Genau. Und Jahre später traf ich meine Verwandte wieder. Ich hatte sie immer als sehr grob erlebt, jetzt war sie plötzlich ausgesprochen freundlich. Sie hat mir erklärt, ich sei so merkwürdig kultiviert gewesen und so gut erzogen, da dachten sie, es sei gut, mich abzuhärten, damit ich wie die anderen Kinder würde. Sie versuchten, aus mir einen Lausbuben zu machen. Sie fand mich zu hoity toity, zu hochnäsig.» Sie lachte. «Eigentlich war es lieb gemeint, aber, ganz ehrlich, ich hab es trotzdem als sehr grob erlebt. Ich dachte nur, warum seid ihr nicht nett zu mir? Ich bin allein und völlig fremd, ich spreche kaum eure Sprache und ich bin sehr höflich. Könnt ihr nicht ein bisschen freundlich sein?»

«Und die anderen Pflegekinder? Fanden die dich auch hoity toity?»

«Eine Freundin von mir in Pleasantville, Judy Martinez hieß sie, hat mir gesagt, Erika, von dir haben wir gelernt, wie eine Lady sich zu verhalten hat.»

«Hast du mit ihnen auch darüber gesprochen, was du in Wien erlebt hast?»

«Sie haben mir nicht geglaubt. Sie wussten nichts. Und als ich es ihnen erzählte, haben sie mich zu einem Psychiater geschickt, Dr. Berres hieß der, ein berühmter Spezialist für Heranwachsende. Er sagte mir, ich solle aufhören, solche schrecklichen Geschichten zu erzählen, die Leute würden denken, ich sei verrückt.»

«Wirklich?»

«Ich schwöre. Ich protestierte und sagte, das sei die reine Wahrheit, und er antwortete, ich hätte zu viel Fantasie. Er hat mir auch nicht geglaubt. Er glaubte nicht, dass es Konzentrationslager gibt, dass wir Juden aus unseren Wohnungen fliehen mussten, nichts. Ich bin wahrscheinlich eine gute Analytikerin, weil ich meinen Patienten alles glaube. Ich weiß, das Unmögliche kann immer stimmen. Immerhin war Dr. Berres nett genug, mich nicht in die Psychiatrie zu überweisen.»

«Er dachte, du hättest eine Psychose?»

«Er nicht, aber die in der Schule. Und ich konnte sie nicht davon überzeugen, dass alles stimmt, was ich sage. Na ja, die ganze Welt hat es damals nicht geglaubt. Wer könnte so etwas auch glauben? Bis heute gibt es Menschen, die es nicht glauben.»

«Nicht mal Juden haben dir geglaubt?»

«Ich war meistens in der Schule. Ich habe ja praktisch nie mit Erwachsenen gesprochen.»

«Nicht mal mit deiner Familie?»

«Meine Familie in New York?» Sie winkte ab. «Nachdem ich ins Heim kam, hab ich die meisten nie mehr wiedergesehen. Wenn dich jemand nicht mag, mag er dich nicht. Du verstehst es als Kind nicht, aber wirklich und wahrhaftig, really and truly, they don't want you. They don't want to see you. They don't want to hear from you. Nothing. Sie waren ärger als Fremde, denn Fremden bist du wenigstens egal. Meine Verwandten wollten mich aktiv nicht.»

Mit sechzehn bekam Erika einen Platz am Hunter College in Manhattan. Eine Schule, die nur die besten Schülerinnen aufnahm. Ihre Schulfreundinnen gingen ans Brooklyn College. Weil sie in Brooklyn leben, dachte sich Erika. Erst später wurde ihr klar, dass sie es nicht ins Hunter geschafft hatten.

«I didn't know anything. I just wanted, dass meine Mutti sich nicht schämen soll, wenn ich mich nicht gut benehme. All I wanted to do was to be ein braves Mädchen und let my mother be stolz.»

«Hast du eigentlich als Kind in Wien schon etwas über Freud gehört?»

«Meine Mutti und Anna Freud waren ja beide Lehrerinnen. Sie waren sehr eng befreundet.»

Und wieder erzählte sie so beiläufig, als sei es das Normalste der Welt, wenn die eigene Mutter mit Sigmund Freuds Tochter befreundet ist.

«Und das Interessanteste, mein Lehrer, Theodor

Reik, ist der Einzige, der sich nicht von Freud abgewandt hat. Jung ist weg, Adler ist weg, nur Reik nicht. Und darum hat mal wer gesagt, ich sei die Enkelin der Psychoanalyse: Freud, Reik, Freeman und basta. Keine Juden aus Wien mehr. Reik hat 35 Bücher geschrieben. Er ist sehr bekannt in Amerika, aber nicht in Europa. Sein berühmtestes heißt *Listening with the Third Ear.* Das hat ihn berühmt und reich gemacht.»

Das dritte Ohr. Mir kam unwillkürlich in den Sinn, dass wir am Stammtisch von Niki Lauda saßen. Der Gedanke war mir peinlich, aber von Erika hatte ich gelernt, dass es in Ordnung ist, wenn man assoziiert, und dass der Gedanke über mich mehr aussagt als über das Gedachte. Vielleicht über meine Angst vor einem Autounfall, die Furcht vor Schmerzen oder darüber, nicht zuhören zu können, das Entscheidende nicht mitzubekommen. Meine Flugangst, den Neid, nicht so erfolgreich wie Lauda zu sein, und die Notwendigkeit, ihn kleinzureden, seine weitgehende Ohrlosigkeit zu benutzen, um mich besser dastehen zu lassen, mich Doppelohrigen. Oder meinen Hunger, weil wir doch an dem Platz saßen, an dem er täglich gefrühstückt hat. Das wäre die banalste Erklärung gewesen.

Das dritte Ohr ist das Sensorium, über das laut Reik Psychoanalytikerinnen verfügen müssen, um mit dem Unbewussten fein zu hören. Das dritte Ohr hört auf zwei Kanälen. Es kann erfassen, was andere Leute nicht sagen, sondern nur fühlen und denken. Es kann aber auch nach innen gerichtet werden. Es kann Stimmen aus dem Inneren hören, die sonst nicht hörbar sind, weil sie, schreibt Reik, vom Lärm der bewussten Gedankenprozesse übertönt werden.

Reik, erzählte mir Erika, kam aus einer armen, jüdischen Familie und studierte unter prekärsten Umständen in Wien Psychologie, Literatur- und Religionswissenschaft. 1910 las er *Die Traumdeutung* und suchte den Kontakt zu dessen Autor. Freud freundete sich mit dem jungen Studenten an und unterstützte ihn jahrelang auch finanziell während der Ausbildung zum Psychoanalytiker. Schade, dass das heute so nicht mehr funktioniert. Die Ausbildung ist sauteuer und man muss sie selber zahlen. Dafür haben alle Kandidatinnen Freud als Schlüsselanhänger oder Kühlschrankmagneten oder Badeente.

Reik wurde Sekretär der Wiener Psychoanalytischen Vereinigung, dabei war er im Gegensatz zu den meisten anderen Analytikern seiner Zeit kein ausgebildeter Mediziner, was ihn in Konflikt mit dem damaligen Gesetz brachte. 1925 wurde er wegen Verstoßes gegen das sogenannte Kurpfuscherei-Gesetz angeklagt. Freud verteidigte ihn und forderte die Zulassung auch anderer Berufssparten zur Psychotherapie und Analyse.

«Reik wollte das Medizinstudium nachholen, aber Freud hat gesagt, du darfst in der Analyse die Menschen ja sowieso nicht berühren und es ist besser, du fängst einfach jetzt schon damit an, Menschen zu helfen, anstatt Frösche zu zerschneiden. Frösche werden nie auf deiner Couch liegen», erzählte Erika.

«Da hatte er wohl recht», sagte ich.

«Bis der erste Frosch kommt», sagte Erika und lachte.

«Und sagt, er sei ein Prinz, aber alle anderen Frösche sagen, er wäre meschugge.»

Später ging Reik nach Berlin und musste 1933 nach Holland emigrieren, fünf Jahre später reiste er weiter in die USA, wo er als Nichtmediziner allerdings auch nicht praktizieren durfte.

«Die Amerikaner waren Freudianer, nur genau in dem Punkt widersetzten sie sich den Wünschen Freuds», sagte Erika. «Nebbich musst du Medizin studieren, aber die Amerikaner haben ein stark ausgeprägtes Klassensystem. Very British.»

1948 gründete Reik die *National Psychological Association for Psychoanalysis*, die auch Nichtmedizinern offenstand. Ihr angegliedert war eine Klinik, die seinen Namen trug.

«Er war brillant. Der ganze Stolz seines Vaters.»

«Seines biologischen?»

«Das weiß ich nicht, aber Freuds ganzer Stolz. Er hat bahnbrechende Arbeiten geschrieben. Could you push the table?»

Ich schob den Tisch näher an ihre Bank.

«Mit sechzehn habe ich dann zu studieren angefangen.»

«Psychoanalyse?»

«Nein, das kam erst viel später. Politikwissenschaften. Am Hunter College. Wir mögen zwar bisweilen unterschiedlicher Meinung sein, aber man soll immer von uns sagen können, dass wir von Herzen auf der Seite der Wahrheit stehen», sagte sie kryptisch, und jetzt sah ich sie verständnislos an.

«Ralph Waldo Emerson. Der große amerikanische Schriftsteller und Philosoph. Dieses Zitat stand auf einer Gedenktafel am College», erklärte sie mir. «Erfolg im Leben zu haben bedeutet, viel zu lachen, die Liebe von Kindern zu gewinnen, den Verrat falscher Freunde zu ertragen, die Welt zu einem ein klein wenig besseren Ort zu machen, als sie es war, bevor wir in sie geboren wurden. Zu wissen, dass ein Leben leichter atmet, seit du lebst. Das ist Erfolg.»

«Ich glaube, du hast dich dran gehalten», sagte ich. «Das Zitat könnte von dir sein.»

Sie lächelte. «Das ist lieb von dir. Not bad, old Waldo, right?»

Ich nickte.

«Ich kam am Anfang meines Studiums zu neuen Pflegeeltern. Sie bekamen Geld für mich. Er war Zahnarzt, und ihr musste ich am Abend die Haare waschen. Eines Tages sagte sie, Erika, du solltest Friseurin werden! Du erzählst so interessant. Ich musste putzen, auf die Kinder aufpassen, dann studieren, dann wieder für sie arbeiten. I never had a date. Ich war immer Babysitter und hab mit dem kleinen Kind in einem Zimmer geschlafen. Ich war sehr genügsam. Ich hatte einen Rock, ein Kleid und zwei Blusen. That's it. Geschlafen habe ich auf einem Klappbett. Ein Bett und daneben ein kleines, rotes Metallkasterl. Am Abend bin ich zur Uni gegangen, nach der Arbeit. Und weekends. Außer die Pflegeeltern hatten etwas vor, dann hab ich natürlich auf die Kinder aufgepasst. Und eines Tages hat sich die Pflegemutter bei Ohrbach's ein Kleid gekauft. Das war ein sehr billiges Modegeschäft. Ein schwarzes Kleid mit türkisen Ärmeln, ich seh es noch genau vor mir. Mit kleinen schwarzen Blättern. Die ganze Familie ist weggefahren und ich war alleine. Es war ein Samstag. Da hab ich mir das Kleid ausgeborgt und bin nach Manhattan gefahren. Als sie wiederkamen, hab ich es ihr gebeichtet. Da hat sie mich raugeworfen. Das Kleid war ihr wohl sehr wichtig. Interesting.»

«Interesting? Ein sechzehnjähriges Flüchtlingsmädchen wegen so etwas auf die Straße zu setzen? Da würden mir andere Adjektive als *interesting* einfallen.»

«See it with her eyes. Wer weiß, wann sie das letzte Mal ein Kleid gekauft hat. Sie hat gespart, wollte eine schöne Frau sein, und da kommt die kleine Wienerin und trägt das Kleid, bevor sie sich damit präsentieren konnte. Jedenfalls stand ich auf der Straße. Aber nach den Nazis ist ja nichts so schwer. Entschuldige, aber das Schwerste war schon vorbei. Ohne Mutti zu sein, ohne Vater ist ja auch schwer und dass die Familie dich dort in Amerika nicht mag, ist auch nicht leicht.»

«Und du?»

«Ich bin in das Clara de Hirsch Home for Working Girls gezogen. Da waren viele Mädchen aus Deutschland, sehr nett ging's da zu, und weißt du, was das

Beste war? Clara de Hirsch war auf der 63rd Street, das Hunter College auf der 68th. Herrlich! Thank god, dass ich das Kleid angezogen habe. Da habe ich also gewohnt mit anderen jungen Damen. Und dann, eines Tages, treffe ich meinen Vater. Also, wenn es unmöglich ist, wird es mir passieren. Es gibt kein Unmöglich. Es gibt nur ein Unerwartet.»

VIER | *Can You Imagine?*

Die Spur ihres Vaters hatte sich im Konzentrationslager Theresienstadt verloren. Er ist tot, hatte die Tante, die als U-Boot in der Nähe von Wien den Krieg überlebt hatte, bei ihrem ersten Wiedersehen gesagt.

«Und meine Mutti?»

Die Tante berichtete vom Bombenangriff auf Wien, schimpfte auf Rachel, weil sie lieber mit den Juden in der Stadt zusammen im Keller sein wollte als mit der Schwester gemeinsam am Land in einem viel sichereren Versteck und das mit dem Leben bezahlt habe.

«Und du hast das vorher nicht gewusst», fragte ich.

«Es liegt mir auf der Seele, aber ich habe meiner Mutti nie geschrieben.»

«Nie?»

«Sie schickte der Direktorin in Pleasantville einen Brief, sie solle mich bitten, endlich zu schreiben. Also schrieb ich ihr. Aber der Brief kam zurück. Ich hatte ihn zu spät abgeschickt.»

«Und warum hast du nicht freiwillig und früher den Kontakt gesucht?»

«Ich glaube, ich war unverbunden. Ich wusste nicht, was ich ihr schreiben soll. That still sits with me.»

«Als der Krieg aus war und du in New York warst, hast du da noch Zeitungen gelesen, um zu wissen, was in Österreich passiert? In Wien?», fragte ich.

«Gar nicht. Österreich hat mich überhaupt nicht mehr interessiert. Ich habe die Tür geschlossen, da war nichts mehr. Das Land hat uns gehasst, ich hab es hinter mir gelassen. Fertig.»

Und dann.

Es passierte an einem Samstag, am Broadway, die Zeitungen schrieben darüber. Als Drehbuch wäre das als zu unglaubwürdig abgelehnt worden. Erikas Onkel ging am Broadway spazieren, da kam ein Mann aus dem Hotel Astor. Der Onkel rieb sich die Augen und rief: «Ansel, was machst du am Schabbat am Broadway? Du bist doch tot!»

Ansel Polesiuk blieb stehen und sah seinen Bruder vor sich. Sie fielen sich in die Arme. Ansel erzählte, er lebe in Schweden, jetzt, wo seine ganze Familie tot sei.

«Tot? Aber Erika lebt! Sie ist hier, in New York!»

«Erika lebt? Putzika ist nicht tot?»

Jom Kippur. 5. Oktober 1946. Schabbat Schabbaton, der heiligste Tag. «Niemand ist im Tempel und trotzdem macht er Wunder», sagt Erika. «Mein Vater war nur einen Tag lang in New York, und genau da treffen sie sich, unter Millionen von Menschen!»

Der Onkel rief Erika an, um sie behutsam auf die große Neuigkeit vorzubereiten. Aber Erika hob nicht ab.

«Jom Kippur Schabbat, ich bin nicht zum Telefon gegangen. Ich war sehr religiös, ein Überbleibsel meiner Kindheit. Um sechs Uhr am Abend hat er mich endlich erreicht. Er habe, sagte er, eine große Überraschung für mich. Ich antwortete, dass ich nicht an Überraschungen glauben würde. Er lachte und sagte, nein, Erika, ich habe wirklich eine sehr große Überraschung für dich. Gut, sagte ich, du hast bestimmt meinen Vater getroffen! Das habe ich tatsächlich gesagt, weil es die unmöglichste Überraschung war, die mir einfiel. Ich weiß nicht, warum ich es gesagt habe. Aber er machte eine dramatische Pause und sagte: Ja.

What?, fragte ich. – Ja, ich habe deinen Vater getroffen. Ich konnte es natürlich nicht glauben. Wie soll man so etwas glauben? Meine Patienten sagen manchmal, ich könne in die Zukunft sehen und Dinge sehen, die noch niemand weiß. Aber das?»

«Wie eine Hellseherin?»

«Manchmal weiß man etwas, und man weiß nicht, warum. Man weiß es, egal, ob dir jemand glaubt.»

«Also dein Onkel war der Bote. Wie hieß er?»

«Ursprünglich Israel Juda Grau-Polesiuk, in Amerika hat er den Namen in Irving Grey geändert.»

Ich bestellte zwei Gläser Sekt und stieß mit Erika auf Onkel Israel an, den Überbringer der guten Nachricht. Der im richtigen Moment am richtigen Ort war, um den blonden Mann aus dem Hotel Astor kommen zu sehen.

Erika nippte nur. «Le'chajim», sagte sie und ich sagte auch: «Le'chajim.»

«Auf meinen Onkel und auf den schwedischen Konsul, der meinen Vater gerettet hat!»

«Wie hat er das hingekriegt?»

«Mein Vater war in der kleinen Festung von Theresienstadt, bei den politischen Häftlingen. Dieser schwedische Konsul hatte erfahren, dass im Lager auch zwei Schweden waren. Schweden war neutral, und er verlangte von dem Kommandanten, die beiden mitnehmen zu dürfen. Du weißt, Nazis waren obrigkeitshörig, und der Konsul trat sehr selbstbewusst auf. Er hatte seine kleine Tochter dabei, und während er mit den Nazis verhandelte, fiel das Mädchen beim Spielen in einen der wassergefüllten Gräben. Mein Vater sprang hinterher und rettete sie. Der Konsul sah, dass er blond war, schüttelte ihm die Hand und flüsterte dabei, du bist jetzt Schwede. Und so verließ der Konsul die kleine Festung mit drei Schweden, von denen einer ein Jude und mein Vater war!»

«I am the master of my faith, I am the captain of my soul», zitierte ich eins von Erikas Lieblingsgedichten.

«Ich war nie master of my faith», sagte sie. «Wunderbare Dinge geschehen mir, aus heiterem Himmel. Dinge, die ich mir nie hätte vorstellen können. Wenn du sie dir vorstellst, bist du psychotisch. Wenn du dir vorstellst, dass Menschen, die tot sind, leben? Mein Vater war offiziell tot und jetzt läuft er an Jom Kippur über den Broadway! Schau, wie nett der liebe Herrgott ist. Jom Kippur, noch dazu Schabbat! Und keiner der beiden ist in der Synagoge!»

«Siehst du, manchmal ist es gut, wenn man nicht zu religiös ist», sagte ich.

«Du kannst nicht zu religiös sein, weil, wenn du religiös bist, bist du religiös. Du kannst nicht zu jüdisch sein, du kannst nicht zu sehr Mensch sein. Du bist ein Mensch und aus!»

«Aber stell dir vor, dein Vater wäre orthodoxer gewesen, dann wäre er an diesem Tag nie über den Broadway gegangen!»

«Aber vielleicht wäre er dann auch nicht so früh ins Konzentrationslager gekommen, weil er dann nicht im Schattenkabinett der Sozialdemokraten gewesen wäre.»

«Nein, aber er wäre aus einem anderen Grund dort gewesen.»

«Kann sein, aber das frage ich mich heute nicht mehr. Einem geschenkten Gaul schaut man nicht ins Maul. Es ist ein Geschenk, vielen Dank. Die Frage ist, ob es ein wertvolles Geschenk ist.»

«Aber die Sache mit dem heiteren Himmel finde ich immer etwas kurz gegriffen. Was hilft dir ein heiterer Himmel, wenn du nicht aufmerksam bist», sagte ich. «Wenn du keine Antennen hast, die besonderen Dinge zu bemerken.»

«Man weiß eben in der Regel nicht, wonach man suchen soll. Wunder kommen überraschend.»

«Das ist das Gute am Leben», sagte ich. «Darum verstehe ich auch nicht, wie Menschen sich umbringen können. Natürlich habe ich Respekt vor jeder Entscheidung eines anderen, die ihn selbst betrifft, aber schon zehn Minuten später könnte doch etwas Überraschendes geschehen. Wenn du dich umbringst, verunmöglichst du die Möglichkeit, dass etwas Gutes geschieht.»

«Natürlich. Weil du es beenden willst. Der Selbstmord sagt, das war es. Ich will keine weiteren Möglichkeiten. I am done! Aber warum sollte alles vorbei sein? Shakespeare sagt, das ist nicht das Schlimmste, solange du sagen kannst, es sei das Schlimmste. Also bist du nicht fertig, wenn du noch sagen kannst, du seist fertig. Du hast nur mit diesem Kapitel abgeschlossen, ja, ich bin fertig, nächstes Buch!»

«Und du kannst es sogar noch einmal lesen.»

«Und je öfter du es liest, umso mehr magst du es. Und wenn jemand kommt und es verbessern will, wirst du ärgerlich, weil du denkst, das ist Kritik. Was meinst du damit, du willst mein Leben verbessern? Ist es in deinen Augen nicht gut genug? Gut ist gut genug. Basta. Kannst du einen Kreis verbessern?»

«Nein, sehr schwierig.»

«Wenn du es versuchst, wird es ein Dreieck. Aber man hat uns dazu erzogen, nicht mit uns zufrieden zu sein. Nichts ist genug, nichts gut genug. Aber genug ist genug. Und dann sind andere eifersüchtig und reden dir ein, du seist nicht gut genug. Nur, wenn du nicht gut bist, warum sind sie dann eifersüchtig?»

Ich nickte nachdenklich.

«Da sag ich, mach dir nichts draus, es ist sowieso bald aus. The question is, how long is *bald aus*? Und ich denke mir, ich muss doch noch hierbleiben. Da ist anscheinend noch etwas, was ich tun muss. Ich weiß nicht, was es ist, aber es muss etwas sein. Und es ist wahrscheinlich etwas, von dem die Leute sagen, es geht nicht. Sonst würde es ja ein anderer tun.»

«Und wie ging es mit deinem Vater weiter?»

«Der Konsul nahm ihn im Auto mit und setzte ihn irgendwo im heutigen Tschechien aus. Er könne ihm nicht weiterhelfen, sagte er, und mein Vater schlug sich bis nach Dänemark durch, wo es eine Widerstandsbewegung gab, die Juden half. Die schmuggelten ihn mit einem kleinen Fischerboot nach Norwegen. Mein Vater ging an Land, verkleidete sich als alte Frau, und wenn ein deutscher Besatzungssoldat ihn kontrollieren wollte, sagte immer ein anderer, geh, lass die Alte weiterziehen. Nur die Hunde bellten ihn an. Die Hunde waren klüger als die Nazis. Er schaffte es bis zur schwedischen Grenze, aber im Niemandsland trat er auf eine Mine.»

«Und?» Das alles klang für mich wie ein Hollywoodfilm. Aber es ist tatsächlich passiert, mitten im Zweiten Weltkrieg, in Nordeuropa.

«Er wachte in einem schwedischen Krankenhaus auf», sagte Erika. «Das Erste, was er erblickte, war eine wunderschöne Krankenschwester.»

«Das hast du dir jetzt ausgedacht», sagte ich.

«Nein, hab ich nicht. Er hat sie geheiratet, blieb in Schweden und lebte mit ihr in Stockholm bis zu seinem Tod.»

«Crazy», sagte ich.

«Nein, life», antwortete Erika. «Und dann fährt er für einen Tag nach New York und trifft genau in diesen paar Stunden meinen Onkel», sagte sie. «Crazy.»

«Nein, life», entgegnete ich. Langsam lernte ich von ihr. Sie lachte und schob mir ihr fast noch volles Glas rüber. Ich trank es aus. Der Kellner kam und füllte mir nach.

«Gibt es etwas zu feiern?», fragte er.

«Ja», antwortete ich. «Dr. Freemans Vater lebte.»

«Das ist gut. Gratuliere», sagte er zu Erika. «Noch einen Espresso? Sicherheitshalber?», wandte er sich an mich.

«Gern.»

«Schwarz? Wie die Seele?»

«Seine ist nicht schwarz. Sie ist bunt», sagte Erika zum Kellner.

«Na ja», sagte ich.

«Streich das *Na* von deinem Na ja», korrigierte sie mich.

Ich versuchte, mir ihr Wiedersehen mit dem Vater vorzustellen. Wie er im Clara de Hirsch an ihre Türe klopft, wie Erika öffnet und die beiden sich wortlos in die Arme fallen.

«So war es aber nicht», sagte Erika. «Es klopfte, ich öffnete und er fragte mich, welches Buch ich gerade lese. *Die göttliche Komödie* von Dante, antwortete ich wahrheitsgemäß. Das fand er nicht gut. Dante sei ein Pessimist, nichts für ein junges Gehirn, und er versprach, mir die Gedichte von Michelangelo zu schicken.»

«Das glaube ich dir nicht», warf ich ein. «Das wird nicht das Erste gewesen sein, was er gesagt hat.»

«Doch!»

«Nicht wenigstens ein *Hallo*?»

«Nein, keine Floskeln, keine Umarmung, nur die Frage: Was liest du?»

«Mehr nicht?»

«Doch, er fragte mich, ob ich noch immer *Lass sie* sagen würde. Ich sagte, nein.»

«Was?»

«Lass sie.»

«Lassie? Der Hund?»

«Ja, ich dachte auch, er meint den Collie. Aber dann erzählte er mir, wie ich etwa zwei Jahre alt war und irgendeinen harmlosen Unfug anstellte. Meine Mutter wollte mich daran hindern, und er sagte: Lass sie. Von da an bin ich immer durchs Haus gelaufen und wenn jemand von den Erwachsenen etwas gesagt hat, rief ich: Lass sie.»

«Und hat er dich bei eurem ersten Treffen Putzika genannt?»

«Ja. Möchtest du nicht doch wenigstens ein Croissant?»

«Nein, danke.»

«Du bist ein billiger Gast.»

Am Abend erreichte mich eine SMS. *Jedes Kind ist als Schatz geboren, aber a little mazel kann auch nicht schaden. Bleib gesund, Erika. PS: Ich habe jetzt Platin-Status. Du kannst ab sofort gratis frühstücken mit mir! Wie gesagt, a little mazel kann nicht schaden.*

Ein nächster Mittwoch, halb elf in der Früh. Immer 10.30, weil sie vorher noch die Patientin hatte. Die aus New York, die mitten in der Nacht aufstand, um ihre Stunde mit Erika zu haben.

Shampoo, Conditioner, Seife, Imperialtörtchen und vier Mozartkugeln im Sackerl, Lachs und Eierspeis auf dem Teller. Am Nebentisch saßen der ehemalige und der amtierende ORF-Generaldirektor im trauten Gespräch, zwei Tische weiter der ehemalige Finanzminister Androsch und der ehemalige Bundespräsident Heinz Fischer bei einer Tasse Kaffee. Fischer winkte herüber und Erika strahlte.

«Ihr kennt euch?», fragte ich.

«Ja, wir sind Freunde», sagte Erika. «Could you push the table?»

Ich schob den Tisch näher an sie heran, vorsichtig, dass mein Kaffee nicht aus der Tasse schwappte. Ihrer schwappte nie, nicht einmal, wenn ich den Tisch bewegte.

«Der Leiter des Kulturinstituts in New York hat mich einmal gefragt, ob ich den Bundespräsidenten kennenlernen möchte. Gern, hab ich gesagt, aber noch lieber seine Frau.»

«Warum?»

«Ich hab sie im Fernsehen gesehen und sie hat mir sofort gefallen. So eine kluge und höfliche und freundliche Frau.»

«Margit.»

«Ja. Ich kam also ins ehemalige Speisezimmer von Kaiserin Maria Theresia und da saß sie. Wir hatten zwanzig Minuten. Und ich dachte, nach zwanzig Minuten wird sie auf einen versteckten Klingelknopf drücken und dann wird ein Sekretär kommen und sagen, sie habe jetzt einen anderen Termin. Aber sie drückte nicht. Nach zweieinhalb Stunden schaute ich auf die Uhr. Wir hatten uns so großartig unterhalten und ich entschuldigte mich, aber sie fragte nur, ob sie mir auch noch das Schlafzimmer der Kaiserin zeigen solle. Ein sehr breites Bett!»

«Sie war sehr fett. Dreiwülstig, hieß es. Ihr Arzt hatte beim Abendessen immer einen Kübel unter dem Tisch stehen, in den er alles schmiss, was sie gegessen hatte, die gleichen Portionen. Der Kübel ging jedes Mal über und nach dem Essen zeigte er ihr die Massen, die sie verschlungen hatte. Aber es war ihr gleich. Sie war so voluminös, dass sie ein Großreich brauchte. In einen Kleinstaat hätte sie gar nicht hineingepasst.»

«Interesting. Neben ihrem Bett war eine Standuhr, die ihr von Friedrich dem Großen geschenkt worden war, aber die Ziffern waren spiegelverkehrt. You know why?»

«No idea.»

«Sie lag im Bett und schaute durch den Spiegel an der Wand auf die Uhr, damit sie nicht so anstrengend den Kopf drehen musste. Very smart.»

«In Schönbrunn hatte sie einen Sessellift, der sie vom Schloss hinauf zur Gloriette trug.»

«Margit ist das Gegenteil der Kaiserin», sagte Erika. «Sie ist eine wirklich gute Freundin. Sie ist ein Engel. Hilft mir bei allen möglichen Dingen. Arzttermine, Ämter, bei allem. Schau!» Sie streckte mir ihre Hand entgegen. Ein Ring steckte an ihrem Finger.

«Wo ist der andere?», fragte ich. Sie trug an der rechten Hand immer zwei Ringe, wenn ich sie traf.

«Er ist mir gestern hinuntergefallen, auf den Boden im Zimmer. Ich hab ihn noch auf dem Teppich hüpfen sehen, dann war er weg. Und der Teppich hat eine ganz ähnliche Farbe wie der Stein. Margit ist auf allen vieren in meinem Zimmer herumgekrabbelt, um den Ring zu suchen. That looked very funny. Sie ist ja noch kleiner als ich, und die Frau vom ehemaligen Bundespräsidenten.»

«Sie ist nicht kleiner als du», widersprach ich. «Aber das ist sehr nett von ihr. Welche Frau Präsidentin würde das tun?»

«Eben. Keine.»

«Als ich noch in Deutschland bei meinen Eltern lebte, hatten wir eine Maus im Keller. Meine Mutter bat eine Nachbarin, mit ihrer Katze zu kommen, damit die Katze die Maus fängt. Die Nachbarin war sehr dick, aber ihre Katze noch viel mehr. Die Katze machte nichts. Sie saß nur fett im Keller und rührte sich nicht. Und da ist die dicke Nachbarin plötzlich in eine Ecke gesprungen und hat die Maus gefangen. Das war ein sehr eindrücklicher Moment, wie die Nachbarin triumphierend die Maus präsentierte.»

«Euch?»

«Nein, ihrer Katze. Die Katze war Maria Theresia und völlig desinteressiert an der Maus. Fürs Mäusefangen hatte sie Untergebene.»

«Ach, und Margit hat mir erzählt, dass du sie gespielt hast?»

Ich musste lachen. Ja, das hatte ich fast schon wieder vergessen. In meiner Fernsehsendung hatte ich tatsächlich die Präsidentengattin gegeben. «Die Fischers» hieß die Sketchreihe. Mein Kollege spielte den Bundespräsidenten mit grotesk riesigen Augenbrauen, und ich war Margit. Der selbstironische Bundespräsident hatte großen Spaß an der Reihe, trotzdem warnte er mich, wenn ich seine Frau schlecht darstellen würde, bekäme ich Ärger, immerhin sei er der Oberbefehlshaber des österreichischen Bundesheeres. Also habe ich Margit sehr liebevoll dargestellt, und bei der Verabschiedung des Bundespräsidenten im Burgtheater bin ich als Überraschungsgast als Margit Fischer verkleidet einmal über die Bühne gegangen und habe mich bedankt, dass wir die Fischers parodieren durften. In Ländern mit einer schlechter ausgeprägten Volksherrschaft wären wir dafür wahrscheinlich geköpft worden.

«It was funny. She showed me some of your sketches», sagte Erika.

Der ehemalige ORF-Chef nickte mir zu, der neue nicht. Ich erwiderte den Gruß und ging zum Buffet, um Erika Marillenmarmelade zu holen.

«Ihr Chef hat Sie nicht gegrüßt», sagte der Kellner. «Ich habe es gesehen.»

«Der alte schon», erwiderte ich.

«Das ist ein schlechtes Zeichen. Der neue wär wichtig», sagte er.

Ich kam mit der Marmelade zurück an den Tisch. Erika führte gerade die bladlvolle Tasse Kaffee zum Mund und sah mich dabei lächelnd an. Sie verschüttete nichts.

«You see?»

«Du bist eine Tassenangeberin», sagte ich resigniert.

«Und du zitterst aus Sorge, dass ich zittern könnte», sagte sie. «You don't need to.»

«Wieso trägst du eigentlich immer zwei Ringe?», fragte ich.

«Ich habe beide von meiner Tante bekommen. Den hier schenkte sie mir, als sie bei der Jewish Community of Columbia als Ehrengast war, der andere war ihr Hochzeitsring. In den Ring ist eingraviert *ILY42*.»

«Und was soll das heißen?»

«I love you.»

«Natürlich, wie dumm von mir.»

«Sie schenkte mir ihren Hochzeitsring, als wir uns trafen. Ich hatte vorher noch nie Schmuck besessen. Ruth kam nach New York und schenkte mir den Ring.»

Ruth Klüger-Aliav. Die Schwester ihres Vaters, geboren in Kiew, musste 1914 als Vierjährige mit ihrer Familie vor Pogromen fliehen, sie siedelten sich in Czernowitz an. Ruth sprach neun Sprachen, ging zum Studieren nach Wien und trat früh der zionistischen Jugendorganisation bei. 1930 wanderte sie nach Palästina aus, arbeitete in einem Kibbuz, beim sozialistischen Gewerkschaftsbund und schloss sich 1938 der Hagana an, der paramilitärischen Untergrundorganisation während des britischen Mandats. Ein Jahr später gehörte sie zu den Gründungsmitgliedern des Mossad, als einzige Frau unter neun Männern. Als Agentin sprang sie mit dem Fallschirm über Rumänien ab und organisierte die Rettung Tausender Juden. Sie beschaffte Schiffe, die bedrohte Juden nach Palästina brachten, darunter die *Tiger Hill*, die 1939 mit 1400 Menschen in Tel Aviv anlegte, nachdem sie zuvor von den Briten beschossen worden war.

«Ruth wurde nach Marseille geschickt, sie wählte die Schiffe aus, kümmerte sich um die Besatzung, alles Piraten, weil normale Matrosen sich damals weigerten. Sie ließ die Schiffe innen umbauen, dreistöckige Liegen. Und sie hat Flüchtlinge in Lastwagen geschmuggelt, nächtelang, vollgepumpt mit Amphetaminen, damit sie es durchstand, zwölf Stunden am Stück in der Nacht zu fahren. Ich habe sie gefragt, ob sie nicht abhängig wurde von den Pillen, und sie hat gesagt, natürlich nicht. Sie habe die Pillen aus einem guten Grund genommen, it didn't make us happy, it made us drive. Meine Tante war eine furchtlose Heldin. Das Wort wird inflationär benutzt, aber auf sie trifft es zu. Sie hatte die wundervollsten und traurigsten grünen Augen, die du jemals gesehen hast. Sprich mit ihr zwei Minuten und du liebst sie ein Leben lang. Du kanntest sie seit immer. Du mochtest dich nicht mehr an eine Zeit erinnern, als du sie noch nicht kanntest. Darum konnte sie all diese Wunder vollbringen.»

«Hast du sie in Wien schon gekannt?»

«Sie lebte bei uns, als sie zur Universität ging, wir haben im selben Zimmer geschlafen. Es war alles ziemlich ärmlich. Und später hat sie mir diese Geschichte erzählt. Sie hat sich rote Schuhe gekauft, ihr erstes wunderschönes Paar rote Schuhe. Sie war ja selbst noch ein Teenager. Und als sie morgens aufwachte, entdeckte sie ihre Schuhe, die in kleine Stücke geschnitten waren. Ich hatte sie mit einer Schere zerschnitten.»

«Warum?»

«Das hat sie mich damals auch gefragt, und ich habe geantwortet: schön. Ich habe sie so schön gefunden, dass ich mehrere draus machen wollte. Dann ging sie nach Palästina und wurde eine Heldin.»

«Und wie habt ihr euch in New York getroffen?»

«Sie hat mich gesucht.»

«Wie bringt man es fertig, ein junges Mädchen in New York zu finden?»

«Weißt du, sie hat auf der ganzen Welt Menschen gesucht und gefunden. Sie hat meine Cousins in Transnistrien gefunden, in einem Konzentrationslager, sie fand ihren Bruder und ihre Schwägerin mit zwei kleinen Buben. If you needed a miracle, just send Ruth. Und dann war sie eh auf dem Weg nach Lateinamerika, also hat sie beschlossen, mich zu suchen. Es gab in New York eine deutschsprachige Zeitung, *Aufbau*, da hat sie inseriert. Ich habe aber keine deutschen Zeitungen gelesen. Ich wollte Englisch lernen, wozu sollte ich deutsche Zeitungen lesen? Aber eine Mitbewohnerin im Clara de Hirsch hatte den *Aufbau* abonniert, und sie meldete sich bei der Zeitung.»

«Und?»

«Ein Mädchen kam in mein Zimmer und sagte, da sei jemand am Telefon für mich, nur war es wieder Jom Kippur. Also bin ich nicht hin.»

«Natürlich nicht.»

«Am nächsten Tag klingelte das Telefon im Wohnheim wieder, und diesmal ging ich dran. Ich meldete mich, und eine Stimme sagte, hallo, ich bin deine Tante, die Schwester deines Vaters. Ich wohne im Hotel 14. Damals wohnten alle im Hotel 14. Sie war dort zusammen mit Teddy Kollek, dem späteren Bürgermeister von Jerusalem. Magst du vorbeikommen und hallo sagen?, fragte sie. Also ging ich hin und sagte hallo. Sie öffnet die Tür und hebt beide Arme, um mich zu umarmen. Und ich? Habe eine Hand ausgestreckt. Ich glaube, das hat sie verletzt. Aber seit sechs Jahren hatte mich niemand mehr umarmt! Ich wusste nicht, was ich tun sollte. Jemand will dich umarmen? Ich war es gewohnt, höflich *How are you* zu sagen und die Hand zu schütteln, so viel Herzlichkeit hat mich überfordert. Verstehst du das?»

Ich nickte.

«Und dann hat sie mich gefragt: Was tust du für dein Volk? Ich antwortete verwirrt, dass ich nachts studieren würde und gerade einen neuen Job suche.»

Erika hatte vorher bei einem Anwalt an der Rezeption gearbeitet, wo Angeklagte sich ihre Vorladungen abholen mussten, bis jemand sich beschwerte und fragte, wie es sein könne, dass da ein unschuldiges Mädchen hartgesottenen Kriminellen Vorladungen aushändigt.

«What could happen to that pure girl? Also wurde ich entlassen. Ich bin schon aus den unterschiedlichsten Gründen gefeuert worden. Ich habe beim Jüdischen Wohlfahrtsverband gearbeitet, in der Poststelle. Ich musste Briefe und Unterlagen von einem Schreibtisch zum anderen tragen, und eines Tages sagte eine Frau zu mir, schau, du bist intelligent, du gehst abends zur Universität, mit dem Arm voller Bücher, aber auf der Straße stehen junge Menschen, die nicht intelligent sind, die nichts anderes können. Du kannst alles machen, also, auf Wiedersehen! Aber zum Glück hatte dann meine Tante einen Job für mich.»

«Beim Mossad?»

«Leider nicht. Alle aus meiner Familie waren beim Mossad, sogar die Cousins aus Transnistrien, und ich habe es nicht einmal gewusst. Mich hat Ruth nie gefragt. Ich war sehr beleidigt und bin es noch heute.»

«Glaubst du, du wärst eine gute Agentin gewesen?»

«Wahrscheinlich nicht. Mein Gesicht verrät mich immer, und ich merke es nicht einmal.»

«Schau einmal wie eine Agentin», bat ich sie.

Sie schaute kühl und tat, als sähe sie mich nicht.

«Das ist lächerlich», sagte ich und lachte. «Deine Tante lag richtig: total ungeeignet.»

«Ich habe das mit dem Mossad jahrelang nicht einmal gewusst!»

«Das beweist vielleicht endgültig, wie schlecht du als Spionin bist, dass du es nicht einmal geahnt hast.»

«Nein, das beweist nur, wie gut sie waren! Jahre später saß ich mit Ruth in einem New Yorker Café. Am Nebentisch hockten Israelis, ich hörte sie Hebräisch sprechen und nickte ihnen freundlich zu. Siehst du, sagte Ruth. Darum hab ich dich niemals gefragt, ob du zum Mossad kommen möchtest. Kein Agent würde jemanden grüßen, nur weil er aus Israel kommt!»

«Du hast andere Qualitäten», beruhigte ich sie.

«Ich hätte lieber Ruths gehabt», antwortete sie.

«Hatte sie Kinder?»

«Sie hatte ein Kind, ein Bub. Er starb als Baby. Aber sie war die Mutter der Welt.»

«Du warst ja selbst erst wie alt? Siebzehn? Ist sie für dich auch zu einer Art Mutter geworden?»

«Ich hatte keine Familie und sie hat mir meine Familie zurückgegeben. Sie nahm mich an der Hand und ging mit mir zur Jewish Agency of Palestine, das war ein kleines Backsteinhaus auf der 66th Street. Da bekam ich einen Job als Rezeptionistin und traf all diese wunderbaren Menschen. Ben Gurion, Mosche Dajan, Golda Meir. Und ich las immer Bücher, wenn ich Zeit hatte. Und Abba Eban, damals hieß er noch Aubrey Eban, borgte sich immer Bücher bei mir aus. Er war damals der erste ständige Vertreter Israels bei den Vereinten Nationen, schon vor der Staatsgründung. Und so wurde ich berühmt in der Agency, denn Abba Eban las Erikas Bücher. Er war ein Cousin von Oliver Sacks, dem Neurologen. Kennst du ihn?»

«Der Mann, der seine Frau mit einem Hut verwechselte.»

«Hast du einen Hut?»

Ich lachte. «Nein, wozu sollte ich einen haben?»

«Dann wirst du deine Frau nicht verwechseln.»

«Zumindest nicht mit einem Hut.»

«Abba Eban hatte eine sehr nette, sehr schöne ägyptische Frau. Schoschana. Sie war so zuvorkommend. Je größer sie sind, umso freundlicher sind sie. Stick with the big ones, Dirk. Die Wannabes können sich nämlich nur groß fühlen, wenn du gar nichts bist.»

«Weil sie sich daran erinnern, dass sie auch nichts waren.»

«Und sie sind es noch immer nicht. Wenn jemandem etwas gelingt, haben sie keine Freude daran. Dabei ist Gelingen ansteckend, da braucht man gar nicht eifersüchtig zu sein. Neid gibt dir gar nichts. Und so habe ich Golda Meir getroffen.»

«In der Agentur?»

«Ja, damals war sie noch Golda Meyerson. Sie kam ja ursprünglich aus der Ukraine, lebte aber schon lange in Detroit und war Amerikanerin. Dann ging sie nach Palästina.»

«Sie hatte ein sehr beeindruckendes Gesicht.»

«Faszinierend! Der Fels von Gibraltar. Sie war so schön mies.» Erika kicherte. «Herrlich.»

«Was meinst du mit *mies*? Gemein?»

«Hässlich. Sie war so wunderschön hässlich! Ich hatte jedenfalls so ein Glück mit dem Job. Die Jewish Agency war in der 66th Street und das Hunter College in der 68th. Ein Katzensprung.»

«Perfekt.»

«Zwischen all diesen Zionisten. Sie waren genau wie ich. Erst war ich an der Rezeption und dann habe ich die Reisen der Emissäre koordiniert. Männer und Frauen, die aus Palästina kamen und in Amerika mit jungen Menschen sprachen, um für Israel zu werben. Golda Meirs Sohn Menachem hat auch dort gearbeitet, wir sind gute Freunde geworden. Er hat eigentlich Cello studiert.»

«Sah er aus wie sie?»

«Damals noch nicht, später schon, nur ohne Dutt. Ich habe sie dann beraten, als sie Ministerpräsidentin war. Nixon kam auf Staatsbesuch und sie rief besorgt an, weil doch jeder wusste, dass Nixon Antisemit war.

Ich habe sie beruhigt. Als Nixon gegen Kennedy bei den Präsidentschaftswahlen verloren hatte, galt er als Verlierer. Dann hat er auch noch die Gouverneurswahl in Kalifornien verloren. Er reiste um die Welt und alle ließen ihn spüren, dass er eine *lame duck* war. Nur in Pakistan und Israel wurde er freundlich begrüßt.»

«Tricky Dick.»

«Israel hat ihn behandelt, als sei er der eigentliche Präsident. Das hat ihm gefallen und er hat es sich gemerkt. Das hatte ich Golda vorher erklärt, so bekam sie alles von ihm, was sie wollte, obwohl der US-Außenminister Kissinger es nicht wollte. Der war ein deutscher Jude und hatte immer Angst, dass er zu nett zu Israel sein könnte. Typisch deutsch. Er wollte überloyal zu Amerika sein.»

«Du hast Tricky Dick ausgetrickst.»

«Nein, Golda hat ihn ausgetrickst. Sie hat ihn daran erinnert, dass Israel in ihm schon immer den großen Staatsmann gesehen hat. Sie hat seinen Bauch gepinselt.»

«Aber er war ein Bösewicht.»

«Natürlich, allerdings einer, der Israel helfen konnte.»

Ich konnte mich gut an Golda Meir erinnern. Als kleines Kind hatte ich sie im Fernsehen gesehen. Sie und Mosche Dajan, den Mann mit der Augenklappe. Mein Großonkel Peter Stermann, der Maler gewesen war, hatte einmal seine Mutter, meine Urgroßmutter, porträtiert. Auf dem Bild, das bei uns zu Hause an der Wand hing, sah sie exakt so aus wie diese Frau im Fernsehen, als Kind dachte ich, meine Uroma sei nicht tot, sondern jetzt eben Ministerpräsidentin in Israel. Wie sie von Duisburg da hingekommen war, blieb rätselhaft, und wieso das niemandem in unserer Familie außer mir einen Gedanken wert schien, ebenso.

Ein Gesicht, wie zerfurcht und maskenhaft starr; älter als die Bibel wirkte Golda Meir auf mich. In ihrer Regierung sagte man damals, sie sei der einzige Mann im Kabinett, dabei war sie die Tochter eines Tischlers aus Pinsk, wo sie als Kind nur auf den ungepflasterten Gassen spielen konnte, wenn diese sicher vor den Kosaken des Zaren waren. Es war, als sähe man die Geschichte ihres Volkes in diesem Antlitz.

«Du hast anfangs internationale Politik studiert», sagte ich. «Wie bist du dann zur Psychologie und zur Psychoanalyse gekommen?»

«Kennst du Mosche Scharet?», fragte sie. Ich schüttelte den Kopf.

«Das war einer der Mitbegründer von Tel Aviv», sagte sie. «Die weiße Stadt auf Sand. Er war auch der erste Außenminister Israels. Ich saß also in der Agency an meinem Schreibtisch, er wusste, das Abba Eban mich schätzt und meine Bücher ausleiht, und da fragt er mich eines Tages, ob ich nicht mit ihm zusammen in die Lounge gehen möchte, wo all die Delegierten sitzen, am Lake Success, weil ich doch Politik studiere, und ob ich nicht bei der Gründung eines Staates dabei sein wolle.»

«Israel.»

«Genau. Natürlich bin ich mitgekommen. Es war faszinierend. Politiker aus der ganzen Welt waren am Lake Success, da war damals das temporäre Hauptquartier der Vereinten Nationen, und meine Leute kämpften für unseren Staat. Machloikes ohne Ende.»

«Machloikes?»

«Streit und Zwist. Ich saß dabei und dachte mir nur die ganze Zeit, wie verrückt viele dieser Politiker offenbar waren. Crazy. Und da habe ich zu mir gesagt, dass ich ihnen helfen müsste, die Craziness in den Griff zu bekommen. That's why I switched.»

«Das wäre heute immer noch wichtig, den Politikern zu helfen, nicht mehr so verrückt zu sein. Seit damals ist es nicht viel besser geworden.»

«Du kannst dir nicht vorstellen, wie verrückt einige von denen waren.»

«Erinnerst du dich, wer der Verrückteste war?»

«Ich schwöre dir, bis vor einem Jahr habe ich noch seinen Namen gewusst. Er war Europäer. Totally crazy. Aber er war nicht der Einzige.»

«Das ist heute nicht anders, und nicht nur in Europa. Ich darf nur an Trump erinnern. Es muss dich doch wahnsinnig gemacht haben, dass er deine Freundin Hillary besiegt hat. Mit all diesen unfassbaren Lügen.»

«Es gab da eine Studie in Yale. Ein Experiment, mit zwei Gruppen von Testpersonen. Einer Gruppe wurde gesagt, dass man ihnen die Wahrheit sagt, der anderen, dass man ihnen eine Lüge auftischt. Zwei Wochen später hatte die erste Gruppe die Information vergessen, die zweite Gruppe hatte sich die Information gemerkt, aber vergessen, dass es eine Lüge war. Das heißt, die Intensität der Information steuert die Erinnerung. *Ich hasse dich* bleibt länger als *Ich liebe dich.*»

«Dann haben die Menschen aber ein Problem.»

«Natürlich haben sie eins, und nicht nur eins, und darum ist mein Beruf so wichtig. Und Trump? Die Kamera liebt ihn. Wenn die Kamera dich liebt, kannst du nichts falsch machen. Und wenn sie dich nicht liebt, kannst du nichts richtig machen. Hillary ist die charmanteste, freundlichste, warmherzigste, mitfühlendste und idealistischste Person, die du dir vorstellen kannst, aber die Kamera mag sie nicht. Die Kamera beraubt sie der Wärme, des Charmes. Trump ist ein geübter Entertainer. Er weiß, wie er an das Schlechteste in den Menschen appellieren kann. Das Bemerkenswerte ist ja: Alles, was er Schlechtes über Hillary sagt, trifft auf ihn selbst zu. Es war wie ein Schuldeingeständnis. Und weißt du, das war schon immer so. Hitler erlaubte dir zu hassen. Und die Leute lieben die, die ihnen zu hassen erlauben. Du musst Lügen nur so lange wiederholen, bis die Menschen sie glauben.»

«Sagt er darum jeden Satz und jedes Wort mehrfach hintereinander? *So sad, so sad, so sad.*»

«Natürlich, der billigste Lügentrick der Welt. Es gab die Fernsehduelle zwischen ihm und Hillary. Trump hat vier Frauen, mit denen Bill Clinton geschlafen hatte, in die erste Reihe gesetzt. Stell dir das vor! Hillary diskutierte mit ihm und sah die ganze Zeit diesen vier Frauen ins Gesicht, mit denen ihr Mann Sex gehabt hat, als Gouverneur und Präsident. Und diese Frauen beschwerten sich anschließend auch noch öffentlich, dass Hillary nicht nett zu ihnen gewesen sei!»

Dann erzählte Erika mir noch einmal von dem Gespräch, das sie viele Jahre zuvor mit Trumps Mutter gehabt hatte. Damals habe Mama Trump unvermittelt den Wunsch geäußert, dass ihr Sohn niemals auf die Idee kommen solle, in die Politik zu gehen. He is not intelligent enough, hatte seine Mutter gesagt.

«Das ist hart, wenn die eigene Mutter dem Sohn Intelligenz abspricht.»

«Sie wird ihn ja gut genug kennen. Also ist es wahrscheinlich for granted», sagte Erika. «Aber es gibt einen Unterschied zwischen intelligent sein und gescheit sein. Er ist gescheit, auf niedrigem Niveau, es reicht für das instinktive Wissen, wie schlecht Menschen sind. Das kennt er von sich selbst und das bedient er auf eine aus seiner Sicht sehr gescheite Art und Weise.»

«Hast du eigentlich schon früher einmal Kandidaten unterstützt, außer Hillary?»

«Jimmy. Jimmy Carter. Ich bin sogar damals nach Plains gefahren und saß mit ihm und seiner Frau im Wohnzimmer.»

«Der Erdnussfarmer? Lagen da überall Erdnüsse herum?»

«Im Haus? Nein. Die waren am Feld. Die Erdnüsse wachsen doch nicht im Wohnzimmer.»

Ich lachte und verabschiedete mich von Erika. Ich müsse ins Grabsteinland, erklärte ich ihr.

«Ganz Wien war für uns ein Grabsteinland», sagte sie.

«Jetzt nicht mehr. Jetzt ist das Grabsteinland in Simmering.» Ich nahm mein Geschenkesackerl und deutete einen Handkuss an.

«Oh», sagte sie. «That's new.»

Vor dem Imperial hatte sich eine große Menschenmenge versammelt. Fotografen, Kamerateams und sehr viele Fans, die Platten und T-Shirts in den Händen hielten. Ach ja, die Rolling Stones waren in der Stadt.

Als ich durch die Drehtür kam, sah ich Blitzlichter. Draußen blieb ich stehen, um auf den Fahrer zu warten, der mich abholen sollte. Gleich kam eine Reporterin vom ORF auf mich zu und bat um ein Interview.

«Weißt du, ich warte jetzt schon eine Stunde auf die Stones», sagte sie. «Vielleicht könntest du mir ja was sagen.»

«Statt Mick Jagger?»

Sie nickte. «Die Stones sind hier im Hotel, aber ich hab keine Ahnung, wann sie rauskommen. Sie haben heute ein Konzert im Happel-Stadion.»

«Ach. Das hab ich nicht gewusst.»

«Hast du sie gesehen?»

«Nein, ich habe eine Freundin getroffen. Wahrscheinlich ist Jagger noch im Zimmer von Keith Richards und trinkt dem den Champagner weg.»

«Warte, ich muss noch meinen Kameramann holen», sagte die Kollegin und sauste davon.

Die Fans blickten mich an, als sei ich ein Zwischenwesen, eine Mischung aus ihnen und den Rolling Stones, weil ich es ja immerhin in das gleiche Gebäude wie ihre Götter geschafft hatte. Die Kollegin kam zurück. Ich kannte den Kameramann und begrüßte ihn, der Tonmann war Anfang zwanzig und sah aus wie ein Wikinger, der sich im Jahrhundert geirrt hat. Ein wilder, roter Bart und lange, rote Haare, die er zu einem Dutt zusammengesteckt hatte. Seine Tätowierungen bestanden aus Runen und Wikingerhelmen. Er hielt mir den Mikrofongalgen wie eine Streitaxt vors Gesicht.

«Dirk Stermann, sind Sie Stones-Fan?», fragte die Journalistin.

«Nein», sagte ich, und ihr genervtes Augenspiel signalisierte mir, dass ich doch bitte mitspielen solle. Was sollte sie tun, wenn die Stones niemals rauskämen, sondern durch einen Seitengang verschwanden? Oder durch den Hitler-Tunnel?

«Nein», wiederholte ich. «Ein sehr großer Fan. Ich war gerade bei Keith Richards im Zimmer.»

Sie machte große Augen, und ich log weiter. Vielmehr erzählte ich die Geschichte, die ich von einem befreundeten Videoproduzenten gehört hatte. Ich tauschte ihn einfach gegen mich aus in der Geschichte.

«Und plötzlich rief Mick Jagger an. Er wollte nur wissen, ob Keith in seinem Zimmer ist. Dann klopfte es und Keith sagte: Jetzt pass mal auf, was geschieht,

Dirk. Jagger kam rein, begrüßte mich kurz und griff zum Telefon. Er bestellte eine Flasche Champagner auf Keiths Zimmernummer. Wir plauderten kurz, dann kam der Zimmerkellner, brachte den Champagner im silbernen Kühler und empfahl sich. Jagger schnappte sich den Kübel mit dem Schampus und verließ das Zimmer. Das macht er immer so, sagte Keith. Er ist so unglaublich geizig. Der geht jetzt auf meine Rechnung.»

Der ORF-Kollegin gefiel die Geschichte sichtlich. Und ich kam in Fahrt.

«Keith hat ja in praktisch jeder Stadt der Welt ein eigenes Haus, bestimmt auch in Wien. Und die Häuser haben alle einen Security Code. So viele Geheimnummern kann er sich natürlich nicht merken. Deshalb gibt es in Paris einen Typen, der die Codes verwaltet, und immer, wenn Keith vor einem Haus steht, das ihm gehört, muss er in Paris anrufen, bei dem Code-Slave, wie er ihn nennt.»

«Aha», sagte die Redakteurin.

«Aber der Code-Slave nervt ihn irgendwie. Darum ruft er ihn nicht mehr an und wohnt jetzt lieber im Hotel, sogar in den Städten, in denen er ein Haus hat.»

«Verrückt», sagte sie.

«Na ja, was ist schon verrückt», erwiderte ich großmütig.

Ein etwa Siebzigjähriger trat zu unserer kleinen Gruppe, in der Hand einen staubigen, alten Beutel, auf den die berühmte, rote Stones-Zunge genäht worden war.

«Könnte ich ein Autogramm haben?», fragte der Herr, dessen Haarmenge gerade mal für einen angedeuteten Pferdeschwanz reichte. Auch seine Jeans hatte ihm wahrscheinlich vor zwanzig Jahren noch gepasst. Es war rührend.

«Was soll ich schreiben? *Jagger*?»

«Das wär schön», sagte er, und so gab ich zum ersten Mal in meinem Leben ein Autogramm als Mick Jagger.

Endlich kam Christian, mein Techniker, und ich stieg in unseren kleinen Tourbus.

«Was ist denn da los vorm Hotel?», fragte er.

«Keith und ich haben heute einen Auftritt», sagte ich. Christian schien mit der Antwort zufrieden. Wahrscheinlich, weil er sie nicht mitbekommen hatte. Ich sah, dass er Kopfhörer trug. Bestimmt hörte er einen Podcast.

Wir fuhren über die Simmeringer Hauptstraße, die immer weniger mit dem Stones-Glamour gemein hatte, je weiter man sie hinausfuhr Richtung Zentralfriedhof.

Beim Grabsteinland hielten wir. Der Herr der Grabsteine hatte einen runden Geburtstag und er hatte sich einen Auftritt von mir und meinem Kollegen geschenkt. Die Bezahlung war für einen dreißigminütigen Auftritt in der großen Halle zwischen all den verschiedenen Grabsteinen ordentlich. Mein Kollege fragte mich, was wohl einmal auf seinem Grabstein stehen würde.

«Ich», antwortete ich. «Ich werde einmal auf deinem Grabstein stehen.»

Dass es in Wien ein Grabsteinland gibt, wird kein Zufall sein. Am Zentralfriedhof, heißt es, liegen mehr Menschen, als in der Stadt leben. Und bei jedem Besuch fragt man sich, ob es sich überhaupt noch auszahlt, wieder nach Hause zu fahren. Aber ich dachte an Erika und das biblische Alter, das zu erreichen sie sicher ist, und wenn ich sie als meine Lehrmeisterin sah, war noch genug Zeit, wieder nach Hause zu fahren.

Nach der Gala blieben wir höflicherweise noch bei den Grabsteinmoguln, die uns von ihrem sicheren Geschäft vorschwärmten und dass es jetzt auch möglich sei, Grabsteine zu recyclen, was völlig neue Möglichkeiten biete. Und weil das Geschäft so gut lief und ich noch Mick Jagger im Kopf hatte, bestellte ich mir eine Flasche Champagner an den Tisch. Leider setzte sich ein fremder Mann zu mir und trank mit.

«Was wurde zuerst erfunden?», fragte er. «Das Feuerzeug oder das Zündholz?»

Wenn man so gefragt wird, ist die Antwort meistens klar. Das Feuerzeug wahrscheinlich. Also sagte ich: «Das Feuerzeug?»

Er war sichtlich enttäuscht. «Stimmt. 47 Jahre vorher.»

«Eben», sagte ich triumphierend. Er überlegte kurz und schoss den nächsten Funfact hinterher. «Im 19. Jahrhundert wurden erfolglose englische Selbstmörder gehenkt!»

Offensichtlich hatte er sich für die Grabsteinland-Party, auf der wir uns befanden, gut vorbereitet. Um als interessanter Gast zu gelten. Er wollte sich nicht auf seinen Esprit verlassen, sondern mit Angelesenem prahlen. Ich nickte lächelnd.

«Nein, das hab ich nicht gewusst. Wow.»

Jetzt drehte er richtig auf. «Jesus wurde unter der Herrschaft von Herodes geboren. Da Herodes aber vier Jahre vor Christus starb, wurde Jesus spätestens vier Jahre vor Christus geboren! Kann also nicht sein!»

«Aha», sagte ich, nahm mein Glas und schlenderte zum nächsten Stehtisch. Er folgte mir. Und sein Köcher war noch voll.

«Herr Stermann, haben Sie gewusst, dass sich 1979 eine Amerikanerin aus dem 86. Stock des Empire State Buildings warf, aber durch einen plötzlichen Windstoß in ein offenes Fenster des 85. Stocks gewirbelt wurde und unverletzt blieb?»

«Nein, hör ich zum ersten Mal.»

«Und wussten Sie, dass ein Mensch durchschnittlich aus 50 Litern Wasser, 7 kg Fett, 8 kg Eiweiß, 2 kg Kalk, 200 g Traubenzucker, 100 g Kochsalz, Mineralstoff und Enzymen besteht, aber kein Mensch dabei rauskommt, wenn man diese Zutaten mixt?»

«Nein, hab ich auch nicht gewusst», sagte ich und floh in Richtung Toiletten. Ich schloss die Klotür hinter mir, sperrte zu und holte Luft. Ich musste gar nicht pinkeln, hatte nur ein ruhiges Örtchen gesucht. Nach ein paar Minuten horchte ich nach draußen. Die Luft schien rein zu sein. Ich öffnete die Tür, und er stand genau vor mir.

«Großes Geschäft?» Er kicherte. «Wussten Sie, dass sich Termiten siebenmal schneller durch einen Baum fressen, wenn sie Rockmusik hören?»

Ich reagierte nicht, sondern begann mir sehr ausgiebig die Hände zu waschen.

Er wirkte irritiert. «Oder dass die Verpackung von Cornflakes mehr Nährstoffe enthält als ihr Inhalt?» Ich schob ihn zur Seite und trat in den Saal. Ich biss in Miniatur-Garnelen aus einem steirischen Biobetrieb. Dann hörte ich ihn schon wieder.

«Interessant, die erste Bombe, die von den Alliierten über Berlin abgeworfen wurde, tötete den einzigen Elefanten im Berliner Zoo! Verrückt, was?»

«Haben Sie auch eigene Gedanken?», fragte ich und er blickte mich leer an. «Oder wussten Sie das nicht, dass man auch selber denken kann?»

«Ich weiß nicht, was Sie meinen», sagte er verwirrt. «Wussten Sie, dass der Slogan *Made in Germany* früher englische Kunden vor den als minderwertig geltenden deutschen Produkten warnen sollte?»

Ich sagte nichts.

«Oder, dass Konrad Adenauer 1916 die Sojawurst erfunden hat? Dass einige Löwen sich bis zu vierzigmal am Tag paaren?» Die letzten beiden Sätze schrie er mir verzweifelt hinterher. Ich saß längst bei Christian im Auto, der den Zünder anließ und losfuhr. Er hatte die Kopfhörer an und hörte einen interessanten Podcast. Wir ließen das Grabsteinland hinter uns, es folgte das Erdbeerland. Ein riesiges Feld, auf dem Erdbeeren wachsen. Nicht so viele, wie Leichen am Zentralfriedhof liegen, aber immerhin. Sie sorgen mit dafür, dass der Friedhof nicht zu schnell überbelegt wird, enthalten sie doch mehr Vitamin C als Orangen. Ob der Mann auf der Grabsteinparty das wusste? Ich blickte aus dem Fenster. Wenn's Nacht wird über Simmering, kommt Leben in die Toten, heißt es bei Ambros. Aber bei manchen kommt nicht mal Leben hinein, bevor sie gestorben sind.

Auf meinem Handy war eine Nachricht von Erika. *Was für Männer ein Rätsel ist, ist für Frauen keine Frage. Bleib gesund, Erika.*

Am Mittwoch darauf gab es keine Menschenansammlung vor dem Imperial. Nur der Doorman in seiner Uniform mit schwarzem Zylinder stand da und grüßte mich.

Erika erwartete mich bereits. Auf dem Tisch, den ich sogleich näher an sie heranschob, lag ein Fotoalbum. Ich schob den Tisch zu ruckartig nach vorn, eine kleine Blumenvase fiel um.

«Gut, dass wir noch keinen Kaffee haben», sagte sie. «Ich habe dich im Fernsehen gesehen. Du warst bei Mick Jagger?»

«Nein, ich habe gelogen. Hast du schon mal von einer Frau gehört, die vom Empire State Building gesprungen ist und vom Wind wieder in ein Fenster geweht wurde?», fragte ich.

«Es kann tatsächlich sehr windig sein in New York. Fast wie in Chicago.»

«Und in Chicago fliegen regelmäßig Suizidale wieder in die Fenster von Hochhäusern hinein?»

«Nicht reihenweise, glaube ich, aber ich stehe auch selten davor und beobachte das Flugaufkommen», sagte sie und öffnete das Album. «Ich habe dir Fotos mitgebracht.»

Sie schob das Album so zu mir, dass ich mit hineinschauen konnte.

«Das ist Paul, mein Mann», erklärte sie.

Ich schaute mir das Bild an. «Oh, er hat ja mein Haar. Er sieht aus wie ich!»

«Ja, a little bit. Husbands are difficult. They die too soon», sagte sie und blätterte um.

«Wie alt war er denn bei seinem Tod?»

«Fünfzig. Ich könnte ihn dafür umbringen, dass er so früh gestorben ist. But as Freud said, the ways of the Lord are mysterious, but always unpleasant.» Sie tippte auf eine Schwarzweißaufnahme. «Das sind Raoul Wallenbergs Schwester und sein Schwager. Ich habe ja das Raoul Wallenberg Committee gegründet, weil niemand etwas über ihn weiß. Dabei sollte er gefeiert werden! Er war eine so große Hilfe. Für meine Tante und für die Juden in Ungarn. Tausende hat er gerettet! Nach Kriegsende ist er von den Russen verschleppt worden. Niemand weiß, wohin und was geschehen ist.

Wir haben versucht, ihn zu finden.» Sie blätterte weiter. «Auf dem Foto sind wir in Israel.»

«Ist das Golda Meir neben dir?»

«Ja. Paul überreicht ihr gerade eine Kalligraphie, die er zur Unabhängigkeitserklärung angefertigt hat. Auf dem nächsten Bild siehst du eine seiner Skulpturen.»

«Sehr schön.»

«Das ist Robin Gibb von den Bee Gees.»

«Ein Patient von dir?»

«Ich spreche nicht über Patienten. Nicht, wenn sie es nicht selber erzählen.»

Der Kellner kam und stellte ihr Kännchen Kaffee auf den Tisch und die winzige Tasse, die in Wien für einen kleinen Braunen oder kleinen Schwarzen verwendet wird. Sie schüttete die Puppenstubentasse bis an den Rand voll und führte die Tasse über den Erinnerungsfotos sicher zum Mund.

«Das ist der päpstliche Nuntius. Paul wollte dem Papst ein Bild schenken, aber ich glaube, der Nuntius hat das gar nicht weitererzählt. Das ist Liv Ullmann an ihrem Geburtstag, das ist ihre beste norwegische Freundin und daneben steh ich.»

«Du schaust glücklich aus.»

«Neben Liv muss man glücklich sein.» Sie blätterte weiter. «Ofira Navon, ihr Mann war der fünfte Präsident von Israel, und hier ist Dominic Habsburg. Seine beiden Söhne haben einen ganzen Sommer lang bei mir gewohnt, sehr nette Jungs.»

«Der von deiner Couch. Und wer ist das?»

«Gloria Vanderbilt.»

«Ist sie so reich, wie sie klingt? Waren die Vanderbilts nicht eine der reichsten Familien der Vereinigten Staaten?»

«Ja. Gloria war eine gute Freundin. Du kennst wahrscheinlich ihren Sohn. Anderson Cooper, den Journalisten.»

Ich sah mir ihr Foto an. Eine wunderschöne Frau, bevor sie sich für Gesichtsoperationen entschied. Gloria war berühmt für ihre vielen Liebhaber, Erika zählte die bekanntesten auf. Nikita Chruschtschow, Fidel Castro, John F. Kennedy, Randolph Churchill, der Sohn von Winston, der britische Faschist Oswald Mosley, Henry Luce II., der Gründer des *Time Magazine*. Als sie dann 1962 den Schriftsteller Norman Mailer heiratete, beschrieb er sie als komplex und machiavellistisch und nannte sie ein *bemerkenswertes Mädchen, fast so interessant wie ich*. Gore Vidal, seinerseits zusammen mit Anäis Nin, fragte sie, warum sie mit dem Typen zusammen sei, und Vanderbilt antwortete: Weil ich noch nie mit einem Juden geschlafen habe. Das war Erikas Freundin?

«Wir waren wirklich eng befreundet. Ich habe versucht, ihr in einer sehr schweren Phase ihres Lebens zu helfen.»

«Sie war deine Patientin? Ich dachte, Freundinnen können nie Patientinnen sein.»

«Das stimmt. You just don't treat friends unless you want to lose them. Aber hier ging es nicht anders.

Carter, Andersons Bruder, litt unter dem Einfluss von Medikamenten, die heute gar nicht mehr erlaubt sind, an Schlafstörungen. Eines Nachts wurde Gloria wach, weil er durch die Wohnung wanderte und dann durch die Balkontür verschwand. Sie folgte ihm nach draußen. Carter saß auf der Brüstung. Sie wollte zu ihm, ihn in den Arm nehmen, aber er sagte: Komm nicht näher, und während er das noch sagte, stürzte er in die Tiefe.»

«Entsetzlich», sagte ich.

«Ja, I fixed as much as I could. I stopped being her friend and became her analyst.»

Ein Leben im Schnelldurchlauf. Leben und Tode. «Das ist Gloria im Players Club. Der Club wurde vom Bruder des Attentäters von Abraham Lincoln gegründet.»

«Ein Anarchistenverein?»

«Nein», sagte sie lachend. «Ziel des Clubs ist es, Schauspieler mit Industriellen, Bankiers, Schriftstellern und Kreativen in Kontakt zu bringen. Schon Mark Twain war Mitglied, aber auch Roger Moore, Sidney Poitier, Kevin Spacey.»

«Spacey immer noch?»

«Das weiß ich nicht. Wahrscheinlich ist er nicht mehr so gern gesehen.»

«Und du bist da auch Mitglied?»

«Ja, aber der Club hat über 1000 Mitglieder, also ist das keine so exklusive Angelegenheit.»

Es gab Fotos mit Elizabeth Taylor, mit Marlon Brando, Marilyn Monroe, Lee Strasberg. Erika mit ihnen auf Partys. Erika und unzählige Hollywoodlegenden. Und jetzt saß ich mit ihr in Wien an einem Tisch. Was für ein Abstieg für sie, dachte ich. Von Hollywood zu einem Fernsehmoderator eines winzigen europäischen Landes.

«If you stick with the greats, they are all wonderful. Included you!» Meinte sie das ernst?

«Danke, aber es ist schwer für mich, so von dir gelobt zu werden.»

«Dann mach es leicht. Ich bin nicht höflich. Nur ehrlich.»

Wurde ich rot? Ich nahm einen Schluck von meinem Mineral. Ich kannte mich selbst zu gut, um mich von Lob blenden zu lassen.

«Be happy about being a great person. Nothing changes if you are unhappy.»

«Wie bist du denn mit all diesen berühmten Menschen in Kontakt gekommen?»

«Mit dir? Das weißt du doch!»

«Sehr witzig. Ich meine all diese Filmstars.»

«Das hat mit meinem Engagement für Israel zu tun. Die Vereinten Nationen haben 1975 den Zionismus mit Rassismus gleichgestellt. Plötzlich war Israel das einzige Land, dem man Rassismus unterstellte.»

«Nicht mal Südafrika stand auf der Liste?»

«Es wurde jedenfalls mehr über Israel gesprochen. Dagegen wollte ich ankämpfen. Es war ungerecht. Ich gründete das Internationale Komitee Frauen für Frauenrechte. Dann habe ich ein paar berühmte Menschen angefragt, ob sie uns unterstützen und unterschreiben. Beverly Sills, die Chefin der Metropolitan Opera, solche Leute. Paul meinte, es wäre sinnlos, irgendwelche Celebrities anzusprechen, aber es hat funktioniert.»

«Kanntest du sie denn?»

«Nein, nur als Opernbesucherin. Aber sie war berühmt. Und ich lernte die Tochter von Lee Strasberg kennen. Sie wollte mitarbeiten, und ich sagte, wir treffen uns immer in meiner Wohnung, aber es gäbe schon so viele Unterstützer, dass es wohl eng würde. Dann rief sie mich an und sagte, sie hätte mit ihrem Vater gesprochen, dem berühmten Lee Strasberg, der würde uns seine große Wohnung zur Verfügung stellen. Und plötzlich wollten viele Leute mitarbeiten. Bei Lee Strasberg daheim? Wow! Er war kein Zionist, wurde aber einer. Ein alter Linker, und alte Linke waren nie Zionisten. Er war ein kleiner, feiner Kerl. So wie Billy Wilder. Auch ein kleiner, feiner Mann.»

«All diese kleinen, feinen Männer aus Wien.»

«Juden. Die Juden waren nie sehr groß. In Israel schon, aber früher nicht. Jetzt schon, aber ich habe das Gefühl, die ganze Welt ist heute groß.»

«Du nicht.»

«Ich komme aus einer anderen Welt. Wir sind kleiner. Herzl war groß.»

«Stefan Troller ist groß.»

«Der, dem sie sein Bar-Mizwa-Buch gestohlen haben? Wien ist so scheinheilig!»

«New York nicht?»

«Nein, in New York verführen sie dich nicht, bevor sie dich schlecht behandeln. Das ist zynisch, und ich bin nicht zynisch. Vielleicht sollte ich zu meinem eigenen Vorteil ein bisschen zynischer werden, aber das Zynismusrad, an dem ich drehen müsste, klemmt.»

«Du redest so schlecht über Wien. Gibt es nichts, was du an Wien magst?»

«Ich mag einen Menschen in Wien, aber dann stellt sich raus, dass er Deutscher ist!»

Sie konnte einfach nicht anders als charmant sein.

«Und hast du es am Ende geschafft, die Uno umzustimmen?»

«Uno-Resolutionen kannst du nicht verändern, hatte man mir gesagt. Aber du musst dir immer vor Augen halten, dass nichts unmöglich ist. Es muss getan werden? Es wird getan! Wenn es noch nie getan wurde, ist es wahrscheinlich höchste Zeit, dass es getan wird. Ja, wir haben es geschafft. Ruth war sehr stolz auf mich.»

«Ich sehe dir an, dass dich das auch stolz macht.»

Sie lächelte. «Yes, it does make me proud.»

Ich habe in Wien Theaterwissenschaft studiert, und Lee Strasberg ist einer der Helden des Theaters, Begründer des Method Acting, Lehrer von James Dean, Marlon Brando, Dustin Hoffman, Paul Newman, Harvey Keitel und Robert De Niro. Name them. Strasberg ist der Freud der Filmschauspieler.

«A teeny tiny fellow», sagte Erika noch einmal. «Er war nicht größer als ich, vielleicht sogar kleiner. Seine

Frau Paula war bei jedem Dreh von Marilyn Monroe am Set, stand neben der Kamera und gab ihr Anweisungen. Darum hat Arthur Miller sich beschwert, dass Marilyn ohne Paula verloren sei. Ich war auch auf der Actors' School.»

«Du? Als Schauspielerin?»

«Ich hatte auf einem Kongress einen antisemitischen Diplomaten angebrüllt, und zufällig war ein israelischer Regisseur im Raum. Er fragte mich, ob ich Lust hätte, bei einem jiddischen Stück am Broadway mitzuspielen, ohne Gage, und ich sagte sofort zu. So kam ich zur Schauspielerei. Im Actors Studio brauchst du drei Auditions und ich hab's bis zur zweiten geschafft.»

Ich war beeindruckt. «Also würdest du es empfehlen, Menschen anzubrüllen, weil daraus vielleicht etwas Interessantes entsteht?»

«Nein, ich empfehle es nicht, weil, wenn du deine Stimme erhebst, machen die Menschen normalerweise ihre Ohren zu. Sie hören nicht mehr zu. Sie hören nur den Lärm, den du machst, und dass du schreist, aber was genau du brüllst, hören sie nicht. Wenn du ihre Aufmerksamkeit willst, flüstere.»

«Marilyn Monroe hast du bei Lee Strasberg kennengelernt?»

Sie nickte und biss in ihr Croissant.

«Wir waren jedes Jahr auf der Silversterparty bei Lee. Wenn du seinen Namen in New York erwähnt hast, war es, als sprächest du von Gott. Die einzige Person, die ich bei der Party nicht kannte, war ich selbst.

Alle großen Stars waren da, auch Marilyn, weil Paula für sie so wichtig war. Und ich erinnere mich, wie ich mich mit ihr unterhalten habe. Marilyn war ein Häufchen Elend, voller Selbstzweifel, in sich zusammengesunken. Und dann fragt sie mich, Erika, möchtest du einmal Marilyn Monroe sehen? Und ich sage, ich sitze ihr gegenüber, ich sehe sie. Und sie schüttelt traurig den Kopf und sagt, nein, du siehst Norma Jeane Mortenson. Dann steht sie auf, steigt in ihre High Heels, streckt sich und sagt, jetzt siehst du Marilyn Monroe. Es war sehr traurig.»

«War sie deine Patientin?»

«Leider nein. Ich denke, ich hätte es verhindern können, dass sie sich umbringt. Sie war immer so traurig. Sie wurde zu einer Pflegefamilie gegeben und heiratete mit sechzehn einen Navysoldaten, um wegzukommen von ihrem Pflegevater, der sie missbrauchte. Jane war so nett zu ihr in *Blondinen bevorzugt*, hab ich dir das schon erzählt?»

Ich schüttelte den Kopf.

«Jane Russell galt damals als größte Sexbombe Hollywoods und sie sollte mit der jungen, unbekannten Marilyn drehen. Und sie hat ihr das rote Kleid überlassen, damit sie mehr auffällt. Jane trug im Film ein schwarzes Kleid und Marilyn das rote. Es war sehr ungewöhnlich in Hollywood, dass die eine Sexbombe der anderen den Vortritt lässt, damit die mehr glänzen kann. Jane brauchte das rote Kleid nicht für ihr Ego. Sie war eine wirklich bodenständige, sehr generöse Frau.»

«Das heißt, du kanntest Jane Russell natürlich auch persönlich.»

«Ja, sicher.» Erika schien beinahe erstaunt über diese Frage. «Sie war die Freundin einer Studienkollegin von mir, die mit einem Jazzpianisten verheiratet war. Er dirigierte das Orchester, wenn Jane sang. Sie liebte es zu singen, mehr als die Schauspielerei. Ihre eigenen Filme fand sie oft albern. Die Kostümbildner haben für sie extra einen BH erfunden, in dem ihre Brüste, selbst wenn sie auf dem Rücken im Stall lag, steil nach oben zeigten. Sie hat darüber sehr gelacht. Das war Schauspielen für sie: auf dem Rücken liegen und die Brüste rausstrecken. Wer konnte das ernst nehmen? She was a tomboy, sehr burschikos. Sie hatte drei Brüder, und ihre Mutter war Predigerin in einer kleinen, merkwürdigen Sekte. Ihr Wohnzimmer war die Kirche und Jane saß als kleines Mädchen barfuß auf dem Tisch und wartete darauf, sich endlich mit ihren Brüdern prügeln zu dürfen. Später hat sie dann Bob Waterfield geheiratet, einen berühmten Football-Spieler.»

«Das war ja praktisch, mit dem konnte sie dann im Garten tackeln.»

Erika lachte. «Jane hatte einmal am Broadway eine große Show. Im Copacabana, großer Club, sie hat gesungen. Während der Premierenparty nimmt sie mich am Arm und fragt, ob ich Lust hätte, mit ihr nach Hause zu gehen, sie müsse noch die Sessel im Wohnzimmer reparieren und könne Hilfe gebrauchen. Wir ließen die Party Party sein und fuhren zu ihr. Da saßen wir dann im Schneidersitz auf dem Boden und schlugen Nägel in die Sesselleisten. That's Jane. Warum erzähle ich dir das? Stick with the big guns, Dirk. Everybody else tries to make sich wichtig. Menschen wie Jane nicht. The big guns never ask who are *you*? They say, who *are* you? Das ist der Unterschied!»

«Gut, ich nehm mir vor, mich nur noch mit exklusiven Hollywoodstars und Nobelpreisträgern zu umgeben und Frauen, deren Brüste auch im Liegen nach oben ragen.»

«Das musst du nicht. Big guns müssen nicht berühmte Menschen sein. Aber Menschen. Das ist das Entscheidende!»

«Wer war die biggest gun, die du je kennengelernt hast?»

«Außer dir?» Wir lachten. «Meine Tante, Reik und natürlich Margaret Mead.»

Erika war der weltberühmten Ethnologin an der Columbia University über den Weg gelaufen. Margaret Mead hatte kein eigenes Büro, sondern nur einen Tisch am Fenster in der ausgedehnten Bibliothek der Universität. Mit ihren Studien über die Sexualität bei südpazifischen Kulturen war sie zur Wegbereiterin der sexuellen Revolution geworden. Sie sprach allerdings nicht die Sprache der Inselbewohner Samoas, was man ihr später vorwarf, und eine Frau, die sie 1925 für die Studie interviewt hatte, soll Jahrzehnte später geäußert haben: Was würden Sie denn sagen, wenn Ihnen ein Fremder ins Haus schneit und Sie über das

Sexualleben Ihrer Kinder ausfragt? Heute sieht man Meads Arbeit kritischer, aber damals war sie ein Star, eine Pionierin.

Und sie betreute Erikas Doktorarbeit über das Familienleben in einem Kibbuz, dem ersten, den es in Israel gegeben hatte, dem, das einer ihrer Onkel gegründet hatte. Erika war dreiundzwanzig, als sie das erste Mal nach Israel hinaufging. Hinaufgehen, das weiß ich von ihr, sagt man im Hebräischen, nicht hingehen. Wahrscheinlich meint man damit den Tempelberg und nicht den Strand von Tel Aviv, wo man erst einen künstlichen Berg aus Sand aufschütten müsste. Ben Gurion, der Staatsgründer Israels, hatte ihrer Tante den Nachnamen *Aliav* gegeben, abgeleitet von Aliyah, was eben hinaufgehen bedeutet.

Eine Zeitlang erwog Erika, auf Dauer in dem Kibbuz zu bleiben, ihr Onkel hatte es ihr angeboten. Aber eine siebenjährige Cousine stellte sich quer und verbot ihr, zu bleiben.

«Und ich war ja selbst innen ein kleines Kind, ganz egal, wie alt ich war, ich war ein einsames Kind, und dieses kleine Mädchen wollte mich nicht bei ihr haben, weil es ihr Zuhause war. Also fuhr ich ab. Viele Jahre später sagte mir diese Cousine, Erika, ich war ein Kind. Was zur Hölle habe ich schon gewusst? Wieso hast du auf mich gehört? Ich habe auf dich gehört, habe ich geantwortet, weil ich dich verstanden habe. Von Kind zu Kind.»

Das Düsseldorfer Gymnasium, an dem ich Abitur

gemacht habe, hatte eine Partnerschaft mit einem Kibbuz. Israelische Schüler besuchten uns, Düsseldorfer Schüler besuchten Israel. Meine Eltern hatten mich nicht mitfahren lassen, weil ich im gleichen Jahr schon bei einem Schüleraustausch in Amerika gewesen war. Eine große Reise musste reichen, fanden sie. Meine Mitschüler verliebten sich reihenweise in Israelinnen, ich nicht, weil ich nicht dabei war. Dafür verliebte ich mich in eine Amerikanerin. Mit ihr zusammen ging ich in Los Angeles zu einer Bar Mizwa. Einer ihrer Mitschüler, dessen Vater als Nierenspezialist zu Reichtum gekommen war. Alle nierenkranken Hollywoodstars waren seine Patienten, und mit jeder kaputten Niere wuchs sein Anwesen auf einem Hügel in den Beverly Hills. Ich stand neben Jenny und schaute der Zeremonie zu. Ihr Mitschüler zündete Kerzen an, für Verwandte, die im Holocaust gestorben waren. Seine Oma stand neben mir. Sie war aus Tel Aviv gekommen und trug ein Kostüm, das grün schillerte wie der Schwanz einer Seejungfrau. Sie war außerdem stark geschminkt. Jenny erzählte mir, die Oma sei Masseurin in Israel, oder vielleicht Masseuse? Im Englischen gibt es für beides nur ein Wort, egal, was für eine Art Massagen gemeint ist.

«Du meinst ...?», fragte ich und Jenny nickte.

Die Meerjungfrau mit den ondulierten Locken beugte sich zu mir und fragte, woher ich käme. Ich sagte es ihr.

«Oh», rief sie laut, sodass jeder sie hören konnte,

während die Kerzen für die ermordeten Verwandten brannten. «He is German! It must be very interesting for you, to see this Bar Mitzvah! Our Culture. You don't know it from home, because you killed all of my ancestors!» Dann lachte sie unbeschwert. Die Partygäste starrten mich an, als sei ich Heinrich Himmler. So kam es mir zumindest vor.

In der Schule hatten wir seit Jahren das Dritte Reich verhandelt. Unzählige Dokumentationen gesehen, viele Texte gelesen. In allen Fächern, bis auf Sport, hatten wir den Nationalsozialismus durchgenommen. Hätte ich das der Meerjungfrau erwidern sollen? Dass ich ein kritischer, demokratisch geprägter junger Mensch aus einem neuen Deutschland war? Ich sagte nichts und wurde rot. Ich fühlte mich schuldig, ohne etwas getan zu haben.

Jennys Mitschüler sah mich auch an. Er kam von der Bühne und fragte uns, ob wir Lust hätten, sein neues Schlagzeug zu sehen und auszuprobieren. Na, klar.

Wir gingen in einen Schuppen im Garten «Mein Musikhaus», erklärte er. Gitarren, Verstärker, verschiedene Blasinstrumente befanden sich in dem Raum, dessen Wände schalldicht gepolstert waren.

Ich setzte mich an sein Schlagzeug und trommelte meine Peinlichkeit weg.

Er nahm eine E-Gitarre und begleitete mich. Er improvisierte und begann zu singen. «His Grandpa tried to kill my Grandma», war sein Refrain. Ich sang mit.

Meine Mitschüler hatten in Israel so etwas nicht erlebt. Für sie waren die Vernichtungslager Vergangenheit und die Kibbuzim eine Gegenwart voller Spaß und Schmuserei.

Die Kinder der Kibbuzbewohner, erzählte Erika, lebten damals alle in einem Gemeinschaftshaus, mit eigenen Erziehern, während die Eltern ab vier in der Früh zur Arbeit gingen. Gelegentlich besuchten die Kinder ihre Eltern. Ein basisdemokratisches, sozialistisches Projekt. Darüber hatte sie geschrieben und Margaret Mead riet ihr, ein Buch zu veröffentlichen, doch Erika hatte Bedenken, weil der Text ihre Verwandten vielleicht in ein seltsames Licht rückte.

«Aber es ist ein interessanter Text», sagte die berühmte Ethnologin. «Die Welt sollte erfahren, wie sie dort ihre Kinder erziehen. Es gibt bisher kein Buch darüber.»

Erika blieb zögerlich.

«Listen», sagte Margaret Mead. «Everybody knows, nobody says. Nobody says, nobody knows.»

«Ein guter Satz», sagte ich.

«Ja, finde ich noch immer. Hinter meinem Rücken hat Margaret einmal zu Ruth Dajan gesagt: Nur weil Erika bescheiden ist, heißt es nicht, dass sie nicht großartig ist!»

«Ich weiß nicht, ob es bescheiden von dir ist, mir das zu erzählen, aber ich gebe ihr grundsätzlich recht.»

«Danke. Und es gibt einen Satz, den ich dir mitgeben

möchte. Ich bin nicht sicher, ob er von mir ist. Egal, er hat seine Gültigkeit. *Mach dich nicht so klein, du bist nicht so groß!*»

Sie blätterte um.

«Das ist Liv, die sich irgendwie Sorgen um mich macht. Ich weiß nicht, warum.»

«Du bist viel dicker als jetzt. Vielleicht ging es dir nicht gut.»

«Das war nach Pauls Tod. Ja, du hast recht. She was concerned. She is very sweet, she is wonderful. Mit Paul wurde ich immer zu Dinners eingeladen, als Witwe nur noch zum Lunch. Interesting. And that's the guy, who wrote *Fiddler on the roof,* und seine zweite Frau, für die er die erste verlassen hat. Sie ist Wienerin.»

«Die zweite?»

«Beide. Erste und zweite. Ich versteh sie nicht. Wenn einer schon vergeben ist, just go away, it will go away.»

«Du magst das nicht.»

«Ich mag Frauen nicht, die Ehemänner stehlen.»

«Wie kann man Ehemänner stehlen? Vielleicht borgen sie sich ihn nur aus.»

«Das ist noch schlimmer. Wenn man sagt, ich liebe dich, ist das schön. Sagt man, ich liebe nur dich, ist es wie ein Geständnis. Da schwingt immer eine andere Person mit.»

«Aber kann man nur eine Person lieben?»

«Es ist möglich, viele zu lieben, aber Liebe? Du kannst zwei Frauen lieben, aber nach einer bist du verrückt. Bis es vorbeigeht. Weil ihr Kerle einen kleinen

Kerl habt, der bestimmt. Und anstatt eurem Kopf zu folgen, folgt ihr ihm. Und er weiß nicht, was er tut. Er ist aufgeregt und das überlagert alles. Da ist noch einmal der Nuntius. Ein kleiner Mann, der nie dem Papst geschrieben hat.»

«Das Problem der kleinen Männer. Wir haben schon darüber gesprochen. Vielleicht hätte er geschrieben, wenn er über eins achtzig gewesen wäre.»

«Ich habe ihm sogar erzählt, dass meine Tante sich mit dem Papst angefreundet hat, als sie in Argentinien war, um die Handelsbeziehungen zwischen Israel und Südamerika auszubauen. Er war damals noch ein einfacher Priester. Darum wollte ich ihm Pauls Bild vom heiligen Franziskus schicken. Es sieht aus wie ein Mosaik. Er hat 48 Stunden am Stück an diesem Bild gearbeitet. Völlig zwanghaft. Er hat auch nur drei dieser Bilder gemalt, mehr hätte unsere Ehe nicht ausgehalten.»

«War Paul auch Jude?»

«Ja, und er glaubte nicht an Gott.»

«Darum malte er wahrscheinlich religiöse Motive.»

«Er malte viele Rabbis. Mit Tallits, den Gebetsumhängen, die nur die Männer tragen dürfen. Er glaubte nicht an Gott, malte aber Rabbis. Komisch, nicht? Je mehr ich lese, je mehr ich erwerbe, desto sicherer bin ich, dass ich nichts weiß. Ist das von Voltaire?»

«Klingt so.»

«Und Voltaire war kein Antisemit. Das ist ungewöhnlich für einen Franzosen. Der Zionismus ist wegen den

Franzosen in die Welt gekommen. Theodor Herzl lebte in Österreich und er war sich kaum bewusst, dass er Jude war. Er war völlig assimiliert. Dann haben sie ihn nach Frankreich geschickt, um über Dreyfus zu berichten, du weißt, der unschuldige jüdische Offizier, gegen den der Gerichtsprozess geführt wurde. Herzl ging nach Paris und war schockiert über den schrecklichen Antisemitismus. Er hatte tatsächlich einen Nervenzusammenbruch, kehrte zurück nach Wien und schrieb sein Buch *Altneuland*. Das war der Beginn des Zionismus, und schon fünfzig Jahre später kam der Staat Israel. Fascinating. Und schau, dieses Foto wurde in Israel aufgenommen. Ruth und ich. Das einzige Foto mit meiner Tante. Sie mochte es nicht, fotografiert zu werden. And she always knew how to ausweichen a Kamera.»

«Wie Kaiserin Sisi», sagte ich. «Die wollte sich auch nicht fotografieren lassen.»

«Aber das ist schon die einzige Gemeinsamkeit zwischen ihr und meiner Tante. Auf dem Foto hier siehst du Mosche Dajan und seine Frau Ruth. Er war das erste Kind überhaupt, das in einem Kibbuz auf die Welt gekommen ist. 1915, in Degania, am See Genezareth. Palästina gehörte damals noch zum Osmanischen Reich. Ruth und ich waren gute Freundinnen. Sie hatten drei Kinder, ein Sohn war Schauspieler, Assi. Ein brillanter, gutaussehender Kerl, aber nach dem Sechstagekrieg bekam er keine Rollen mehr. Er war Mosche Dajans Sohn, keine Versicherungsgesellschaft wollte ihn für einen Film versichern, das stürzte ihn in eine Depression. Er war *the genius sad boy*. Ruth bat mich, mit ihm zu sprechen. Für maximal zwanzig Minuten, er sei so ungeduldig und aufbrausend, mehr gehe nicht. Gut, ich besuche ihn also, sage etwas, er sagt etwas, ich sage etwas, er sagt etwas, und zweieinhalb Stunden später verlasse ich das Haus.» Erika lachte. «Und er rief mir von der Stiege hinterher: You just saved my life! Später erzählte Ruth mir, dass er ständig von mir sprechen würde, aber meinen Namen wusste er nicht mehr. Er sagte immer nur: deine schöne Freundin. Das schien sie zu freuen! She was delighted.»

«Die Eifersucht der Mutter?»

«Ja, wahrscheinlich. Es war traurig, aber ich habe es verstanden. Hier bin ich mit Mosche auf dem Weg zu den Vereinten Nationen, um mitzuerleben, wie ein Staat auf die Welt kommt. Kannst du dir das vorstellen?»

«Ich stell es mir vor wie in einem Spital, wenn man bei der Geburt eines Kindes dabei ist.»

«Aber für die Geburt eines Staates braucht es eine Armee an Hebammen. Und niemand weiß, wer der eigentliche Arzt ist.»

«Und da hast du die Verrückten gesehen.»

«Ja, und so habe ich mich entschieden, Abschied von der Politik zu nehmen und Psychologie zu studieren. Das Gesicht kennst du?»

Erika deutete auf ein Bild, auf dem sie neben Barbra Streisand stand.

«Klar», sagte ich. «Deine Mutter.»

«Ich habe sie im Flugzeug getroffen Das war auf dem Rückflug von Schweden, wo ich meinen Vater besucht hatte. Mein Mann war damals so furchtbar dick, dass ich fand, er könne in der ersten Klasse sitzen. Mehr Platz für ihn. Ich bleibe hinten sitzen, hab ich gesagt, das Flugzeug ist ja nicht so voll, ich kann gut auf drei Sitzen schlafen.»

«Du könntest sogar auf zwei Sitzen ausgestreckt liegen», sagte ich.

«So ein Zwerg bin ich doch nicht! Also saß er vorne und auf dem Platz neben ihm saß Barbra. Wir kannten uns von einem Freund, der eng mit Jane Russell befreundet war. Er war Gesangslehrer, und Barbra kam zu ihm, um sich coachen zu lassen. Als Erstes sagte er ihr, sie solle bloß nicht auf irgendjemanden hören, ihre Stimme sei perfekt. Sing einfach, hat er ihr geraten. Sie war so nebbich mies, aber yes, that's Barbra Streisand, and she is not mies. Seele hat sie auch, und sie ist sehr nett.»

«Bei dir klingt *mies* wie ein Adelsschlag», sagte ich.

«Wer eine Seele hat, kann so mies sei, wie er oder sie will, aber hässlich kann dieser Mensch gar nicht sein. Also, kaum sind wir im Airplane, und ich schlafe in der zweiten Klasse, kommt eine Stewardess und weckt mich. Ms. Streisand wants to talk to you. I am sleeping, hab ich gesagt. Aber Ms. Streisand! Okay. Also geh ich nach vorn, und wir reden und reden. Sie fragt mich die ganze Zeit persönliche Dinge und schreibt meine Antworten mit. Schließlich fragt sie: How do you know, if it's really love? Und manchmal bist du gezwungen, eine Frage zu beantworten. Also habe ich geantwortet, verliebt sein ist wie eine Kirschblüte. Es ist hübsch, wundervoll. Dann fallen die Blütenblätter vom Baum, und du denkst, es ist vorbei. Aber wenn es wirklich Liebe ist, kommen Kirschen. Wonderful.»

«Nur ist manchmal eben ein Wurm drin.»

«Dann sind es keine Liebeskirschen. Die mit den Würmern tun nur so, als ob.»

«Bissl kitschig. Das erinnert mich an einen Kalenderspruch, den eine Frau aus South Dakota an der Wand hatte. Ich war damals in sie verliebt, aber der Spruch hat mich doch zweifeln lassen.»

«Wie ging der Spruch denn?»

«You can complain that roses have thorns, but you can be happy that thorns have roses.»

«Hm», sagte sie. Ihr schien der Spruch auch nicht zu gefallen. «Barbra hat sich meinen Kirschenspruch jedenfalls aufgeschrieben. She is a good kid.»

Erikas Handy läutete. Sie schaute aufs Display. «You want me to invite Kupferblum here?»

Ich nickte.

«Hi, Markus. I'm here with Stermann, you'll like him.»

«Wir kennen uns», sagte ich.

«Ah, you know each other, so come! In the café in the back of the hotel.»

Sie legte auf und steckte das Handy in ihre rote Handtasche.

«Ich hab ihn auf deinem Geburtstag kennengelernt», sagte ich.

«Ich verstehe nicht, warum er hier kein großes Theater leitet. Er ist so ein guter Opernregisseur», sagte Erika. «Die Österreicher lassen ihn nicht. It's a Minderwertigkeitskomplex, it's disgusting.»

«Das ist der österreichische Weg. Das Beste für einen Österreicher oder Wiener ist es, zu sterben, dann wird er von allen geliebt. Lebendig ist es schwierig.»

«Jetzt übertreibst du!»

«Na ja, ein bissl ist es so.»

«Aber wenn du stirbst, ist es schwierig, wieder an die Arbeit zu gehen.»

«Es ist schwierig, das stimmt. Du brauchst ein sehr gutes Handy.»

«Ich sollte den Papst anrufen. Wegen des Bildes von Paul. Meine Tante hat gesagt, Franziskus war damals in Argentinien ein sehr liberaler Priester. Und dann sagt dieser Nuntius zu mir, erwarten Sie nicht, ihn sprechen zu können.»

«Dieser kleine Nuntius ärgert dich so sehr, er nervt mich auch schon», stimmte ich ihr zu.

«Weißt du, was ich diesem kleinen Nuntius sagen werde? Ich werde ... oh, hallo, Markus!»

Kupferblum grüßte, setzte sich zu uns an den Tisch und zeigte auf das Foto des kleinen Nuntius.

«Bist du schon wieder beim Papst? Vergiss den Nuntius, du solltest dich an den Wiener Kardinal Schönborn wenden. Der hat beste Verbindungen in den Vatikan.

Wo du jetzt so berühmt geworden bist in Österreich, wird er dir sicher helfen.»

«Er ist berühmt», sagte Erika.

«Er ist berühmt, weil er Kardinal ist, aber du bist es auch, und als Katholik muss er immer ein schlechtes Gewissen haben gegenüber Juden.»

«Gut», sagte Erika. «So maybe he asks the pope because of the bad Gewissen. Also meint ihr, ich rufe ihn einfach an und sage, hallo, ich bin es?»

Wir nickten beide.

«Aber wo soll ich anrufen? Irgendjemand hat mir einmal die Residenz des Kardinals gezeigt, aber ich habe es vergessen.»

«Vielleicht am Stephansplatz», schlug ich vor.

«Nein», sagte Kupferblum. «Der Kardinal wohnt doch nicht im Stephansdom.»

«Vielleicht im Palais Schönborn?», schlug ich vor. Das war natürlich Quatsch. Irgendein Vorfahre vom Kardinal hatte dort gelebt, heute befand sich in dem barocken Gartenpalais das Österreichische Museum für Volkskunde. «Oder er wohnt in irgendeinem erzbischöflichen whatever.» Langsam ging mir das Thema auf die Nerven. Tatsächlich gab es wenige Monate später ein Zusammentreffen zwischen dem Nuntius, dem Kardinal und Erika in der Nuntiatur. Ich sah ein Foto in der Zeitung. Der Nuntius lächelt freundlich und ist größer als Erika, aber deutlich kleiner als der Kardinal. Erika überreicht strahlend Pauls Bild an den Nuntius. Die beiden Würdenträger erwiesen sich in der Folge als äußerst hilfreich und unterstützend. Jetzt hat der Papst Pauls Bild. Nichts ist unmöglich. Nicht einmal im Vatikan.

Ich blätterte weiter im Fotoalbum und stieß auf einen kleinen Hund. Der war mir lieber als der Papst.

«This was my second little Hunderl», rief Erika entzückt.

«Du hast ja alle deine Fotos vom Zimmer mitgebracht», sagte Kupferblum.

«Nicht alle. Das ist Lilly. Sie hat im Tierheim so traurig ausgesehen und saß ganz still, während alle anderen Hunde gebellt haben. Also habe ich gesagt, ich will den da. Aber der Mann im Tierheim hat gesagt, der Hund sei zu traurig, ich solle einen anderen nehmen, und ich habe geantwortet, ich nehme ihn, genau deswegen. Weil er so traurig ist. And so I schlepped her out of the Tierheim. Good decision. Bei mir war sie gar nicht mehr traurig. Sie war klug. Ich denke, sie hat die Traurigkeit nur gespielt.»

«Ich geh mal nach draußen, eine Zigarette rauchen. Seid ihr noch da, wenn ich wiederkomme?», fragte ich.

«Gut, dann können wir ja hinter deinem Rücken über dich sprechen», sagte Erika.

Ich stand auf und ging durch die Drehtüre hinaus. Heiß war es. Vor der Trafik neben dem Imperial sah ich das Cover des *Kuriers*. Jemand hatte einen Schimmel fotografiert, der in der Donau schwamm.

In der Donau schwamm also ein Schimmel. Ein Pferd, keine Pilzkultur. Ach, wie schön, riefen die

Badegäste am Strand bestimmt. Und was für ein gutes Zeichen. Die Donau ist noch tief genug, dass ein Schimmel darin schwimmen kann. Und das weiße Pferd schwamm quietschvergnügt, auch ein gutes Zeichen. Kein Schimmel im Wasser, also Pilzkulturen.

Überall sonst liegen in ausgetrockneten Flussbetten Hungersteine herum, die vor Hunderten von Jahren von unseren Vorfahren bei Dürren dort hinterlegt worden sind. «Wenn du das liest, weine!», stand auf ihnen, denn wenn die Pegel extrem sanken, herrschte Dürre und die Menschen mussten hungern.

Damals gab es noch keine Supermärkte, wo man bei jedem Wetter Nougatcreme und Wattestäbchen für die Ohren und Hummus und vorgekochten Kukuruz kaufen konnte. Können wir heute schon. Und dann sitzen wir mit dem vorgekochten Kukuruz vor den Hungersteinen und grillen ihn. Nicht an der Donau, wo Schimmel schwimmen, sondern am Rhein zum Beispiel, wo die Pegelstände in Negativbereiche gefallen sind. Wo keine Schimmel schwimmen, nicht mal Ponys, nicht einmal für Seepferdchen wäre es tief genug. Da sitzt man dann im Rhein und starrt auf die Hungersteine.

Oder an der Oder, wo auch keine Schimmel schwimmen, sondern Schimmel, also irgendwelche Pilzkulturen, Bakterien, Killeralgen, die alle Fische töten.

Und George Clooney? Sitzt am Comer See und blickt auf Boote, die im Schlamm stecken. «Da hätte ich mir ja gleich ein Haus am Neusiedler See kaufen können», denkt er sich vielleicht. Im Neusiedler See herrscht inzwischen so ein Tiefstand, dass selbst Wasserflöhe nur bis zur Brust im Wasser stehen. Bis wann darf man sich als See bezeichnen? Spricht man noch immer von «See», wenn es komplett ausgetrocknetes Land ist?

Freunde haben eine Hütte am Neusiedler See, die man nur mit einem Boot erreichen kann, also theoretisch. Weil aber Boote nicht mehr fahren können, können sie ihre Hütte nicht mehr erreichen. Und ihr gut gefüllter Kühlschrank schimmelt vor sich hin. Pilzkulturen, nicht weiße Pferde.

Donald Trump, guter Mann, sagt, die Klimaerwärmung sei doch eine prima Sache, weil es durch das Ansteigen der Ozeane bald mehr Strandgrundstücke geben werde. Ich glaube, er hat sich irgendwann, vielleicht schon als Kind, ein Wattestäbchen zu tief ins Ohr gesteckt, weshalb sein Hirn wie Hummus ist oder zerkochter Kukuruz. Irgendwelche Killeralgen im Kopf, die alles Leben zerstört haben.

Und Clooney? Rührt nachdenklich eine Nespresso-Kapsel ins heiße Wasser. Wo kommt das Wasser eigentlich her, denkt er sich. Und dann trinkt er. Die Tasse ist leer. Und am Boden der Tasse sieht er einen Hungerstein. Aus dem 16. Jahrhundert. Wow, Europa, denkt er. Hier ist alles so alt. Und er nimmt den Laptop und googelt «Schimmel in der Donau». Das Googeln belastet das Klima wie ein Langstreckenflug, aber der Schimmel ist es wert. Majestätisch schwimmt er in der blauen Donau. Ungesattelt, wild.

Und die Kukuruz grillenden Badegäste am Strand, die den Schimmel ins Netz gestellt haben, machen Lust auf gegrillten Kukuruz. «Amal? Haben wir Kukuruz?», ruft er ins Haus, und Amal Alamuddin schaut in den Kühlschrank. Im Kühlschrank liegt aber nur ein Fisch aus der Oder, der nicht sehr gut aussieht.

«Na», ruft sie zurück. Und googelt, was überhaupt «Kukuruz» sein soll. Oh, corn. Den haben sie, erinnert sie sich, im Wohnzimmer stehen. Haben sie mal bei einer Klimakonferenz in Deutschland geschenkt bekommen. Dort schreibt man ihn mit K. Sie füllt zwei Gläser, bladlvoll, und bringt sie George auf die Terrasse.

Sie trinken und starren auf den ehemaligen See. Als sie ausgetrunken haben, finden sie zwei klitzekleine Hungersteine am Boden des Glases. Sie küssen sich, hinter den Bergen geht die Sonne unter. Roland Emmerich ruft: «Cut!»

«Hearst, schleich dich. Gschissener!» Ein Taxifahrer schnauzte durchs offene Seitenfenster einen Fahrradboten an und riss mich aus meinen Gedanken. Ich dämpfte meine Zigarette aus. Der Herr im Zylinder hielt mir die Tür neben der Drehtür auf.

Kupferblum war schon dabei, wieder aufzubrechen. «Sehen wir uns bei Erikas nächstem Geburtstag?»

«Natürlich», sagte ich.

«Sie möchten mir die österreichische Staatsbürgerschaft verleihen. An meinem Geburtstag», informierte uns Erika. «Bürgermeister Ludwig will mir die Urkunde persönlich überreichen.»

«Es hat zweieinhalb Jahre gedauert, aber jetzt ist es so weit? Sehr gut», sagte Kupferblum.

«Und ich werde meinen amerikanischen Pass behalten können. Markus sagt, ich sei bis jetzt illegal hier gewesen.»

«Das stimmt. Du brauchst ein Visum um herzukommen, und wenn es abläuft, bist du illegal.»

«In deinem Fall passiert wahrscheinlich nichts», sagte ich. «Aber andere Ausländer spüren es sehr schnell, wenn sie nicht hier sein dürfen.»

«Wäre es nicht interessant, wenn sie hinter mir her wären, weil ich illegal in Wien bin?»

«Die Fremdenpolizei?»

Kupferblum lachte. «Ja, das wäre ein Hammer. Fremdenpolizei jagt fast fünfundneunzigjährige Jüdin!»

«Ich kann schnell laufen», sagte Erika.

«Das glaub ich dir zwar, aber nimm lieber die Staatsbürgerschaft an», empfahl ich ihr.

Kupferblum verabschiedete sich. Wir blieben noch sitzen und schauten auf Lilly, den Hund. Erika führte die Tasse Kaffee zum Mund. Sie zitterte. Der Kaffee schwappte über.

Sie sah mich an. Überrascht, wie ich.

FÜNF | *Gutes Wiener Hochquellwasser*

Lieber Dirk! Ich wollte dir mitteilen, dass ich Erika Freitag ins Spital gebracht habe. Sie hat eine Infektion und aufgrund des Antibiotikums ist sie sehr plötzlich sehr stark dehydriert. Sie ist in der Rudolfstiftung Abteilung 10b Zimmer 10. Ich war gestern die ganze Zeit bei ihr. Erika ist immer noch sehr verwirrt. Sie war sicher, gestorben zu sein, weil sie ihren Tod intensiv und detailliert geträumt hat. Bis hin zur Trauerrede von Liv Ullmann … Jetzt geht es ihr aber etwas besser. Sie bekommt Infusionen und ich habe sie mit Croissants aus dem Imperial gefüttert. Herzliche Grüße, Markus Kupferblum.

Auf meiner Mobilbox war eine Nachricht von Erika. Sie hatte mitten in der Nacht angerufen, als ich schlief. Ihre Stimme war schwach, sie klang fremd. «Please, please! Hol mich hier raus. Rescue me, please!»

Ich rief Markus an, um zu fragen, ob ich sie besuchen könne. Wie er mir erzählte, war Erika fast an akutem Nierenversagen gestorben. Die Werte waren die einer Toten, sie hätten sich aber ein wenig stabilisiert. Zwei verschiedene Medikamente, die ihr verschrieben worden waren, hatten im Zusammenspiel ihren Körper aus dem Gleichgewicht gebracht. Ja, ich könne sie besuchen, versicherte er mir.

Ich fuhr an einem Freitag zur Rudolfstiftung, die inzwischen Klinik Landstraße heißt. Ich kannte sie noch unter *Rudi*, was immer etwas unseriös klang. 1858 wurde die Klinik von Franz Joseph I. anlässlich der Geburt seines ersten Sohnes, des designierten Thronfolgers Kronprinz Rudolf, gestiftet, der sich später in Schloss Mayerling eine Kugel in den Kopf schießen sollte. Die siebzehnjährige Baroness Mary Vetsera erschoss er 1889 auch. Die Wiener Hofärzte attestierten anhand von Gehirnbefunden, die Tat sei in einem «Zustande von Geistesverwirrung geschehen». Rudolf hatte schon länger Morphium- und Kokainzäpfchen sowie opiumhaltiges Gurgelwasser gebraucht, dazu war er starker Trinker.

In den Siebzigerjahren wurde die Klinik neu gebaut. Sie verströmt keinen imperialen Charme mehr, hat dafür aber einen Hubschrauberlandeplatz auf dem Dach.

Ich war einmal in die Notaufnahme des Rudi gegangen, als ich nach einem Fußballspiel so starke Schmerzen im Leistenbereich hatte, dass ich einen Leistenbruch vermutete. Ich lag auf dem Behandlungstisch, während immer mehr junge Ärzte und Ärztinnen hineinkamen, um mich zu untersuchen und ein Selfie mit mir zu machen. Ich lag auf dem Tisch in meinem verschwitzten Sportgewand und viele Hände tasteten meinen Leistenbereich ab. Man einigte sich schließlich auf eine harmlose Zerrung und ich durfte meine kurze Hose wieder hochziehen.

Es war ein warmer Sommertag; die Besucher trugen Gesichtsmasken, weil die Pandemie das noch erforderte. Auf der Mauer vor dem Eingang saß Margit Fischer, die Frau des ehemaligen Bundespräsidenten, neben Markus Kupferblum.

«Kupferblum hat ihr gesagt, dass du sie besuchen kommst», rief sie mir entgegen. «Sie freut sich, geh nur hinein.»

«Aber wenn sie gestern fast tot war?», sagte ich vorsichtig.

«Gestern wär es nicht so gut gewesen, aber jetzt geht es schon wieder», sagte Markus.

«Ich habe gar nichts mit», sagte ich. «Kein Geschenk.»

«Ich glaube, du reichst ihr», sagte Markus. «Wollen wir uns später im Gastgarten vom *Dreier* treffen?»

«Gern», antwortete ich, setzte meine Maske auf und ging hinein. Mit dem Aufzug fuhr ich in die Gastroenterologie.

Was Liv Ullmann wohl in der Trauerrede gesagt haben mochte?

Auf dem Gang war viel los. Schwestern, Ärztinnen, Patientinnen in Bademänteln. Die Tür von Zimmer 10 war angelehnt. Ich sah durch den Spalt hinein. Erika schlief.

Ich wandte mich ab, da kam eine der Schwestern auf mich zu und sagte, ich solle ruhig hineingehen.

«Aber sie schläft», sagte ich.

«Sie schläft den ganzen Tag. Da ist es ganz gut, wenn sie mal wach wird», sagte die Schwester. «Und vielleicht können Sie Frau Dr. Freeman überreden, etwas zu trinken.»

Zögerlich betrat ich Erikas Krankenzimmer und setzte mich still auf den Stuhl neben dem Bett.

«Dirk?» Sie öffnete ein Auge. Das andere war offensichtlich verklebt, oder ihr fehlte die Kraft, beide gleichzeitig zu öffnen.

«Hallo», sagte ich.

Sie drehte ihren Kopf leicht in meine Richtung. Es schien ihr schwerzufallen.

«Du hast mich in der Nacht angerufen. Weißt du das noch?»

«Nein», sagte sie. Auf dem Nachtkasten stand ein volles Glas Wasser.

«Du musst trinken», sagte ich.

«Ich trinke das nicht. Sie wollen mich vergiften.»

«Wieso sollten sie dich vergiften wollen?»

«Es sind Nazis.»

Ich war perplex. «Nein, das sind keine Nazis. Sie tragen keine Uniformen, sondern Arztkittel und sie haben nicht auf Adolf Hitler geschworen, sondern auf Hippokrates.»

«Sie haben so viele Regeln, sie wären gute Nazis», sagte Erika.

«Sie wollen dich gesund machen.»

«Sie wollen meinen Körper gesund machen, aber mein Geist stirbt hier ab. Was bringt mir ein Körper, wenn der Kopf meschugge ist?»

«Komm, trink einen Schluck.»

«Nein, das wollen sie, aber ich bin nicht meschugge genug.»

Ich nahm einen Schluck, um ihr zu beweisen, dass das Wasser nicht vergiftet war.

«Siehst du? Ich habe überlebt. Es ist gutes Wiener Hochquellwasser. Das beste Wasser der Welt. Viel besser als die Brühe, die in New York aus dem Wasserhahn kommt!»

«Sure? Can I trust you?»

«You can trust me.»

Ich hielt ihr das Glas an den Mund und sie nahm einen winzigen Schluck. Dann schloss sie das eine geöffnete Auge.

«You are a life savior. I am going out of my mind. Diese Regeln hier. Es ist wie in 1984, dem Roman.»

«Sie haben mehr Regeln wegen der Pandemie, aber sie geben ihr Bestes für dich.»

«They let me out when my body is ok, but then my brain is dead!»

«Sie wollen, dass du zuerst gesund wirst. Dann darfst du raus.»

«Wann?»

«Ich weiß es nicht, ich bin kein Arzt. Aber ich treffe gleich Margit. Sie hat gute Kontakte zu den Ärzten.»

«She is so sweet. Tell her, I want to go home.»

«Sei ein wenig geduldig.»

«I am 95, ich habe nicht mehr so viel Zeit, geduldig zu sein.»

«Try to be a good patient.»

Sie schnaufte leise und drehte den Kopf weg.

Im Dreier saßen Margit und Markus im schattigen Gastgarten. Ich bestellte mir eine Melange und ein Soda Zitron, das es in Deutschland nicht gibt. In Deutschland geben sie eine Zitronenscheibe ins Mineral, was gar nichts bringt. In Wien gibt es den Saft einer Zitrone, das beste Sommergetränk. Wie schade, dass Deutsche nie in den Genuss kommen, es sei denn, sie kommen nach Wien.

«Und?», fragte Markus. «Wie ist dein Eindruck?»

«Sie ist renitent», sagte ich.

«Ich habe ihr gestern ein Wasser aus dem Imperial gebracht», sagte er.

«Gerade hat sie auch das Spitalswasser getrunken», erzählte ich.

«Es ist die Ausnahmesituation. Da kommt manches hoch in ihr», sagte Margit. «Hilflos in Wien. Ausgeliefert.»

«Aber hier sind keine Nazis mehr», sagte ich. «Fast keine.»

«Das Ziel ist, dass sie an ihrem Geburtstag im Rathaus die österreichische Staatsbürgerschaft bekommt», sagte Margit.

«Das ist in zwei Wochen!», sagte ich. «Und sie ist gerade erst fast gestorben.»

«Die Ärzte meinen, es könnte gehen. Wir würden sie dann per Krankenhaustransport im Rollstuhl ins Rathaus bringen lassen.»

«Das scheint mir sehr ambitioniert», sagte ich.

«Es ist ihr wichtig», sagte Markus. «Und es *ist* wichtig. Seien wir zuversichtlich.»

Dann erzählte sie mir von Erikas Herzoperation, kurz vor der Pandemie. Ihr sollten zwei Stents gesetzt werden. Als der erste erfolgreich eingesetzt worden war, blieb ihr Herz stehen. Für vier Sekunden war sie tot. Der Chirurg verzichtete auf den zweiten und holte sie ins Leben zurück.

«Sie ist zäh. Gott sei Dank», schloss Margit.

Ich nahm einen großen Schluck von meinem Soda Zitron und blickte über das Grün des Gastgartens hinauf zu dem Fenster, hinter dem ich Erika vermutete.

«Ist das der Grund, warum sie in Wien geblieben ist?»

Margit nickte. «Sie war für einen Vortrag hier. Nach der Herzoperation war sie erst mal zu schwach, um nach New York zurückzufliegen. Und dann kam die Pandemie.»

«Und ihre Wohnung in New York steht jetzt leer?»

«Sie hatte ein Lagerhaus angemietet für die Kunst ihres Mannes. Das war sehr teuer. Ich habe alles in die Wohnung bringen lassen.»

«Das heißt, in ihrer Wohnung wohnen jetzt nur die Bilder ihres Mannes.»

Markus lachte. «Bis auf einen Raum ist alles rappelvoll.»

«Und ihre Couch? Die in der Praxis?»

«Ist leer. Wartet auf den nächsten Patienten.»

«Wir kommen auf die Welt, dekonstruieren unsere Kindheit und dann sterben wir», sagte ich. «Aber die Couch bleibt.»

Morgen ist heute gestern. Ein Spruch eines unbekannten Verfassers, der gültig ist. Vorgestern war gestern Morgen. Und *Die Welt von gestern* erschien 1942, posthum. Stefan Zweig hatte das Buch in den letzten beiden Jahren seines Lebens verfasst. Sein Geburtshaus befindet sich am Schottenring, er ging in die Wasagasse zur Schule und langweilte sich dort von Anbeginn an, weil er mehr wusste als die Lehrer, die ihn unterrichteten. An der Schule hängt heute eine Gedenktafel zu seinen Ehren, obwohl die Schule in seinen Erinnerungen nicht allzu gut wegkam.

Ich wohne in Spuckweite zur Wasagasse und sehe Schülerinnen und Schüler ein und aus gehen. Wenn ich noch ein paar Jahre hier wohnen bleibe, werden viele unter meinen Augen maturieren. Dann werden sie schnell alt und vielleicht auch Memoiren schreiben, die sie *Die Welt von gestern* nennen. Ihre Welt von gestern ist heute noch Zukunftsmusik, wer mag dann wohl aus meinem Fenster schauen, wenn diese Memoiren erscheinen?

The Circle of Life und dazwischen ist immer *jetzt*.

Der kleine Stefan Zweig würde mir auffallen, weil er anders gekleidet wäre als die heutigen Schüler. Er selbst wäre erstaunt, wie sehr sich sein Wien verändert hat. Der Zweig der frühen vierziger Jahre würde sich freuen, dass die Leute heute wieder seine Bücher lesen. Wieder und immer noch, obwohl er selbst doch von den Urgroßeltern dieser Leute vertrieben und seine Bücher verbrannt worden waren.

Wie verrückt, dass Wien immer blieb, während Generationen kamen und verschwanden. Meine Socken bleiben, während ich weg bin. Das denke ich mir manchmal. Oder der Brillenreinigungsspray, der seit Jahren auf meinem Schreibtisch steht und von mir nicht benutzt wird. Angenommen, ich falle jetzt um und werde verscharrt – der Brillenreinigungsspray wird bleiben. Obwohl er unnütz ist. Man hatte mir erklärt, ich solle meine Brille nicht mit dem Brillenreinigungsspray putzen, weil die Gläser dann Schlieren bekämen. Lieber das Brillentuch verwenden, das auch bleiben wird, wenn ich schon längst nicht mehr bin. Aber ich bin zu umweltbewusst, um den sinnlosen Spray in den Mist zu werfen. Darum betrachte ich die Flasche beim Schreiben oft und denke mir: Du bleibst, wenn ich schon fort bin. Socken, Brillenreinigungssprays, Altpapier. Was bleibt und was verschwindet.

Die Schülerinnen und Schüler aus der Wasagasse sehen heute übrigens recht zufrieden aus, man hört auch viel Gutes über die Schule. Das würde Zweig irritieren, aber sicher auch freuen. Ich beschloss, noch einmal *Die Welt von gestern* zu lesen, die vorgestern morgen war. Es lohnt sich. Solange man noch da ist. Zur Not kann man fürs Lesen auch so einen Brillenreinigungsspray verwenden. Warum eigentlich nicht. Keine Dogmen zu befolgen sollte ein Dogma sein.

Zehn Tage später wurde Erika entlassen und kehrte ins Hotel Imperial zurück. Dreimal am Tag kam eine Krankenpflegerin der Caritas; sie war außerdem unter ständiger Beobachtung durch das Hauspersonal, wie seinerzeit nach der Herzoperation. Das hatte Margit Fischer alles für sie organisiert.

Am ersten Mittwoch nach ihrer Rückkehr schrieb sie mir. *My face is swollen and unsightly. Shall we postpone til next week?*

Eine Woche später besuchte ich sie. Nicht im Café des Hotels, sondern in ihrem Zimmer. Ich war noch nie hier gewesen und es irritierte mich, sie in ihrem Bett liegen zu sehen, das riesige, imperiale Bett war nach der langen Zeit wirklich zu *ihrem* Bett geworden.

Sie wirkte winzig und verloren in dem Meer aus Kissen. Neben dem Bett stand ein Rollator, auf dem Nachttisch ein Teller mit zwei kleinen Croissants. Die Tische ihrer Suite waren überhäuft mit Büchern, dazwischen eine gut gefüllte Obstschale. Die Badezimmertür stand offen. Ich sah Produkte, die auch bei mir zu Hause standen. Conditioner, Shampoo, Seife. Geschenke von Erika.

«Wie geht es dir?», fragte ich.

«Mir geht's gut, wenn nicht heute, dann morgen», antwortete sie und ich musste lachen.

«Eher morgen, wahrscheinlich», sagte ich. «Ich habe dir etwas mitgebracht.»

Ich legte eine Ein-Cent-Münze neben die Croissants auf den Nachttisch. «Das soll Glück bringen.»

«Du bist abergläubisch?»

«Nein. Abergläubisch zu sein ist etwas für Dummköpfe. Es aber nicht zu sein, bringt Unglück!»

«Gut, ich nehme dein Geschenk gerne an. Obwohl der Preis noch draufsteht.»

Jetzt lachten wir beide. So geschwächt sie auch wirkte, ich war froh, dass es mit ihr wieder bergauf zu gehen schien.

«Wirst du an deinem Geburtstag ins Rathaus gehen?», fragte ich sie.

«Gehen wohl nicht. Wahrscheinlich werde ich rollen. Kommst du?»

«Natürlich. Ein großer Moment. Die verlorene Tochter.»

«Nicht verloren. Vertrieben ist nicht verloren. Verlorene suchst du, Verjagte nicht. Ich musste selber zurückfinden.»

Ich dachte an ihre ersten Erlebnisse in Wien nach dem Krieg. Den Hotelrezeptionisten, der sie als Jüdin nicht einchecken lassen wollte. Die Herr Karls dieser Zeit. Und die Frau Karls. Denn Karl war ein Zustand, keine Geschlechtszuweisung.

Der Großvater einer Freundin war in Tirol vor dem Krieg stellvertretender Bahnhofsvorsteher einer kleinen Dorfstation gewesen. Nach dem Anschluss Österreichs ans Dritte Reich trat er in die Partei ein, um wirklicher Bahnhofsvorsteher zu werden. Leider war sein Vorgesetzter inzwischen auch schon in der NSDAP, und er blieb die Nummer zwei. Doch da hatte er eine sehr gute Idee. Über befreundete Nationalsozialisten besorgte er sich eine gefälschte Illegalen-Mitgliedschaft, also ein Parteibuch aus der Zeit, als es in Österreich noch verboten war, Nazi zu sein. Damals hatte man noch Austrofaschist sein müssen, um Karriere zu machen. Mit diesem gefälschten Parteibuch wurde er erster Bahnhofsvorstand und sein Vorgänger zu seinem schlecht behandelten Stellvertreter.

Als der Krieg vorüber war, verlor er seinen Job, weil er ein illegaler Nazi mit niedriger Mitgliedsnummer war. Er versuchte den Amerikanern zu erklären, wie sich die Sache in Wahrheit verhielt, aber sie glaubten ihm nicht, und der Stellvertreter, der nur «normaler» Nazi gewesen war, wurde nicht nur neuer, alter Stationsvorstand, sondern suchte sich auch einen neuen Stellvertreter. Beide wurden schnell Mitglieder der Österreichischen Volkspartei und der Großvater meiner Freundin schaute durch die Finger. Er versuchte noch, ein gefälschtes ÖVP-Parteibuch zu bekommen, das beweisen sollte, dass er schon zu Hitlers Lebzeiten illegal Demokrat gewesen sei, aber die Fälschung war zu stümperhaft.

«Der Opa war kein böser Mensch», sagt meine Freundin. «Aber er hatte keine Gesinnung als sich selbst.»

Helmut Qualtinger in seiner Rolle als Herr Karl sagt: «Bis 34 war ich Sozialist. War auch kein Beruf. Hat man auch nicht davon leben können.» Der Herr Karl, der auch Franz oder Otto oder Franziska oder Ottilie hätte heißen können, ist ein Richter. Aber nicht im moralischen Sinne. Er richtet es nur, und zwar ausschließlich für sich selbst. Empathie endet bei den eigenen Zehen.

Als *Der Herr Karl* 1961erstmals im österreichischen Fernsehen ausgestrahlt wurde, löste das Empörungsstürme aus. Und nicht Proletarier wie die Hauptfigur schimpften lautstark, sondern das Bürgertum. Es fühlte sich entlarvt, sagte Qualtinger später.

Nachkriegszeit, Österreich als erstes Opfer, Wiederaufbau. Da wollten die allermeisten nichts von den alten Geschichten hören. Spiegel, die vor 1945 gekauft worden waren, wurden abgehängt und man kaufte sich Nachkriegsspiegel. Der Staatsvertrag bescheinigte Österreich die Opferrolle, so what? In den neuen Spiegeln sah man gut aus. Und dann dieses böse Fernsehspiel aus einem Keller, welcher der österreichische Keller ist, und der dicke, schwitzende Karl ist eben nicht nur der mögliche Nachbar, sondern er wohnt in der eigenen Wohnung, liegt im eigenen Bett, trägt die gleichen Socken wie man selbst, ist man selbst. Der Theaterkritiker Hans Weigel notierte damals, dass man einem bestimmten Milieu auf die Zehen habe treten wollen, aber dann habe ganz Österreich «Aua!» geschrien.

Es heißt, dass jeder damals in Österreich einen kannte, der einen der Sätze des Herrn Karl schon einmal gesagt hatte. «Es war a harte Zeit», sagt der Herr Karl oft. «Mindestens zwanzigmal hab ich mein Leben aufgebaut im Lauf von meinem Leben.»

Irgendwann musste er, der dem Führer einmal direkt gegenübergestanden war und von Hitler ein «Jaja» gehört hatte, woraufhin ihm alles klar geworden sei, irgendwann musste er, bevor er im Keller des Delikatessengeschäfts Konservendosen und Alkoholika schichtete und umsortierte, deformierte Luftballons verkaufen. Gebrauchte Ballons, nicht mehr ganz rund, aber billig erworben. Verschrumpelt. «Eigentlich traurig», sagt der Herr Karl. Im Sich-selbst-Bemitleiden ist er Meister.

Die Deutschen steckten damals in einer ähnlichen Situation wie die Österreicher. Aber 1961 war im öffentlich-rechtlichen Fernsehen der Bundesrepublik kein Herr Karl zu sehen. In Deutschland gab es Heiteres von Heinz Erhardt. Eigentlich erstaunlich, dass Österreich in der Hinsicht so früh war und dann alles wieder verschüttet wurde, bis mehr als zwanzig Jahre später das Nazi-Pferd von Kurt Waldheim angeritten kam. Erst da wurde plötzlich diskutiert und gesprochen, und die heile Welt von Österreich als Hitlers erstem Opfer hing schlapp da wie ein deformierter Luftballon. Gott sei Dank.

Der Keller des Delikatessenladens im Film war dem «Gutruf» nachempfunden, einem legendären Geschäft und Lokal in der Wiener Milchgasse im ersten Bezirk. Qualtinger herrschte über das Hinterzimmer des Gutruf wie ein König und sein Hofstaat war illuster. Der Otto Kobalek zum Beispiel, Sohn eines Kohlenhändlers und zeitweise selber Kohlenträger, konnte wunderbar schimpfen und führte eine eigene Währung ein, die ihm viele Gratisgetränke bescherte. Trinken konnten sie alle, aber Qualtinger war der Champion. Berühmt seine Bestellung. «A Achterl.» Der Kellner: «Rot oder weiß?» Qualtinger: «Sliwowitz.»

Kobalek war ein Happening-Künstler mit Leib und Seele. Einmal kam er unangekündigt mit einem Plastiksackerl auf die Bühne eines Theaters, wo gerade Samuel Becketts Stück gespielt wurde. Er sagte zu Publikum und Schauspielern: «Godot ist da. Sie müssen nicht mehr warten.» Qualtinger hat Beckett kontaktiert und ihm davon berichtet. Beckett habe sich sehr erfreut gezeigt. Endlich. Zum ersten Mal in der Geschichte der Literatur sei Godot erschienen.

Und so ähnlich war es mit dem Herrn Karl. Zum ersten Mal ist da jemand erschienen und hat einem ganzen Land etwas gezeigt. Nämlich sich selbst. Das war kein Spiegel mehr, der da vorgehalten wurde, was ja ohnehin das dümmste Bild ist, das es gibt. Das hatte mehr was vom Prater. Geisterbahn. Spiegelkabinett. Grauslich. Und doch ist es so. Wenn wir Glück haben, war. Wegen Wienerinnen wie Margit.

«Sie bemühen sich sehr um mich, seit ich hier bin», sagte Erika.

Nach all den Jahren war sie wegen einer Aktion, die «Letter to the stars» hieß, nach Wien zurückgekehrt. Schulkinder recherchierten, welche Juden in ihrer Gasse gelebt hatten, in ihrem Haus, wer sie gewesen waren, was aus ihnen geworden ist, wo sie umgebracht worden waren oder wie sie fliehen konnten. Zeitzeugen gingen in die Klassen und erzählten. Erika war eine von ihnen. Die Schülerinnen und Schüler schrieben Postkarten an die Getöteten, die Vertriebenen und hängten sie an Luftballons, die in einer großen gemeinsamen Aktion losgelassen wurden und den Himmel über Wien zu einem einzigen, riesigen, weißen Ballon machten.

«So habe ich Vertrauen bekommen», sagte sie. «In die Nachwachsenden. Wenn sogar Deutsche heute Demokraten sein können! Stell dir vor.»

«Dann könnte es mit Österreichern auch funktionieren, hast du dir gedacht?»

«Ja, mit aller Vorsicht.» Sie lächelte, aber man sah ihr die Erschöpfung an. Ich wollte ihr Ruhe gönnen und verabschiedete mich. «Bis zu deinem Geburtstag», sagte ich, «da werden wir uns wiedersehen. Wenn du Österreicherin wirst.»

«Das war ich doch schon einmal. Ich werde es zum zweiten Mal. Mal sehen, wie oft noch.»

«Du solltest Obst essen, um schnell gesund zu werden.» Ich deutete auf den Obstkorb. «Erdbeeren? Bananen? Kann ich dir etwas bringen?»

«Das ist lieb. Aber ich möchte es mir selbst holen, wenn du weg bist. Ich muss mit diesem Ding hier üben», sagte sie und blickte zu ihrem Rollator.

Abends hatte ich eine Fernsehaufzeichnung. John Cleese hatte sich als Gast angesagt, ein Held meiner Jugend. «Albatros», rief ich leise vor mir her, als ich aus dem Imperial trat, um mich auf Cleese einzustimmen. *Monty Python Live at the Hollywood Bowl*, der Verkäufer, der mit Albatrossen als Snack durch das Publikum geht. Cleese war jetzt über achtzig, musste aber immer noch Welttourneen machen, um seine vielen Scheidungen zu finanzieren.

Vor Jahren hatten mein Kollege Grissemann und ich einmal an einem neuen Kabarettprogramm gearbeitet, und es fiel uns lange kein einziger Satz ein. Wir trafen uns zum Schreiben im Hotel Intercontinental in der Bar, weil wir hier sicher sein konnten, nicht von Wienern angesprochen zu werden. Den Scheichs und Amerikanern waren wir egal, einfach nur zwei armselig gekleidete, unrasierte Typen mit einem leeren Blatt vor sich neben den weißen Spritzern.

Eines Tages stand Grissemanns Vater vor uns.

«Was machst du denn hier?», fragte ich.

«Ich besuche John Cleese. Ich kenne ihn ja von früher. Und ihr? Wie geht es mit dem Schreiben voran?», fragte Ernst Grissemann, der langjährige Hörfunkintendant des ORF und die bekannteste Stimme des Landes, «The Voice» nannte man ihn, während ich immer witzelte, seinen Sohn, meinen Kollegen, nenne man das «Voice-chen».

«Schlecht», sagte Christoph. «Wir haben nichts. Nada.»

Er lachte, weil er es für einen Witz hielt, bis wir ihm das leere Blatt Papier zeigten.

«Oje», sagte er.

«Ja», antworteten wir im Chor.

Er ging zum Aufzug und fuhr zu Cleese hinauf, während wir weiter zwischen Japanern und Scheichs saßen, die allesamt kreativer wirkten als wir.

Nach zwei Stunden stand Grissemann senior wieder vor unserem Tisch.

«Ich habe John erzählt, dass ihr in einer Schaffenskrise seid und euer neues Kabarettprogramm bisher aus Schweigen besteht. Er hat einen Witz für euch. Er hat im ORF eine Kultursendung gesehen, mit Barbara Rett, und er meinte, noch nie jemanden mit einem derartig langen Hals gesehen zu haben. Man könne sie sehr gut als Teleskop in einem U-Boot verwenden, meinte er, sie ausfahren.»

Wie witzig. Barbara Rett war eine kultivierte Kollegin mit einem tatsächlich auffälligen Schwanenhals. Wir übernahmen die Idee des Humorgiganten und hatten einen ersten Witz für unser Programm.

In der Sendung war Cleese gut gelaunt. Er krabbelte auf dem Boden, bat mich, auf ihm zu reiten, und warf mir am Ende der Sendung eine Torte ins Gesicht. Hätte man mir als vierzehnjährigem Fan gesagt, dass ich einmal auf John Cleese reiten würde, hätte ich es damals im Ruhrgebiet nicht einmal für eine Fiktion halten können. *Das Leben des Brian* war für mich der lustigste Film der Welt und Cleese weiter entfernt als der Mars.

Nach der Aufzeichnung saßen wir noch lange zusammen und er erzählte mir ganz genau, wie viel Geld er jährlich welcher Ex-Frau zahlen müsse. Wir sprachen über *The Oxford-Cambridge-Divide*, dass er und Graham Chapman in Cambridge studiert hatten, Michael Palin und Terry Jones in Oxford. Sie schrieben die Sketche zu Beginn in diesen Universitäts-Duos. Nur vierhändig, nie achthändig.

«Vierhändig schreiben kenne ich», sagte ich. «Ganz schön eng auf der Tastatur.»

Er nickte und fragte mich, ob das Teleskop noch im Dienst sei.

«Sie erinnern sich an Barbara Rett?»

«How could I forget a swan on TV?»

Zwei Tage später rief mich meine Agentur an. John Cleese hatte einen Auftritt im Globe und brauchte für einen Sketch einen Ansprechpartner. Ob ich Lust hätte, ließ Cleese fragen.

Ich war gerade mit meinem kleinen Sohn in unserem Stelzenhäuschen im Strombad Kritzendorf an der Donau.

«Sag ihm, die Anfrage sei eine Ehre, aber ich muss heute bei meinem Sohn bleiben.»

«Im Ernst?» Mein Agent war überrascht. «Ich soll John Cleese absagen?»

«Ja, bitte. Mit besten Grüßen.»

Am 1. Juli, zum Geburtstag, stand ich im Hof des Rathauses und rauchte. Ich war etwas zu früh. Eine Limousine parkte mir gegenüber ein und zwei Männer stiegen aus. Den einen kannte ich irgendwie, und ich grüßte. Er blickte mich irritiert an, grüßte aber nicht zurück. Der andere, Breitschultrige schaute unfreundlich zu mir herüber. Sie tuschelten kurz. Plötzlich war mir klar, wen ich da gegrüßt hatte. Dominik Nepp, den Führer der Wiener FPÖ, der mit seiner Partei eine rassistische Dauerkampagne betreibt und gerade vor Kurzem von Corona als einem «Asylantenvirus» gesprochen hatte. Er wirkte wie ein gegeltes Kleinkind im Anzug, der einzige mir bekannte Politiker, gegen den eine lebenslange Sperre auf Twitter ausgesprochen worden ist, weil er die Regeln gegen Hass schürendes Verhalten verletzt hatte. Aber auch Twitter ließ seine Musk fallen und hob die Sperre wenige Monate später wieder auf.

Und ich hatte ihn gegrüßt, ausgerechnet an Erikas Geburtstag, nur weil mir das Gesicht bekannt gewesen war und ich es gewohnt bin, Bekannte zu grüßen.

«Ich habe ein interessantes Video gesehen von einem deutschen Hip-Hopper», rief ich in Richtung Limousine. «Der Hip-Hopper saß auf einer Mauer und bewarb sein neues Album. Da kam ein kleiner Bub vorbei und der Hip-Hopper fragte ihn, ob in seinem Kindergarten viele Ausländer seien. Der Bub hat überlegt und dann geantwortet, nein, das sind alles Kinder!»

Nepp und sein Bodyguard blickten mich an, als wäre ich eine Moschee.

«Scheiß Piefke», sagte der deutschtümelnde Bodyguard, während der kindergesichtige Rechtspopulist sich durchs Gel fuhr und ins Rathaus trat. Wenig überraschend nicht durch die Tür, die zum roten Salon führte, in dem Erika ihre Staatsbürgerschaft überreicht bekommen sollte. Es ist sehr unangenehm, Gel in der Handfläche zu haben. Diese klebrige Masse. Ich wünschte ihm kein baldiges Kleenex.

Eine getäfelte Holzdecke, rote Seidendamasttapeten, drei Prunkluster im venezianischen Stil, an den Wänden Porträts der Wiener Bürgermeister seit der Jahrhundertwende, auch von Bürgermeister Karl Lueger, der für seinen Antisemitismus berüchtigt war. Kapital und Börse sah Lueger als von «Geldjuden» gelenkt, Zuwanderer bezeichnete er als «Betteljuden» und kritische Journalisten als «Tintenjuden». Für Hitler war der Mann eine prägende Figur. Ich schaute an die Wand mit seinem Porträt und merkte, dass der Bürgermeister Ludwig neben mir stand.

«Ja, der Lueger. Wir haben eine Tafel neben dem Gemälde angebracht, auf der all seine Abscheulichkeiten stehen», sagte er. Man hätte das Porträt auch einfach von der Wand nehmen können.

Lueger hat auch ein Denkmal am Ring. Immer wieder gab es Proteste, man forderte den Abriss, beschmierte das Denkmal mit Parolen. Von oben schissen die Tauben auf den Antisemiten, unten skandierten Demonstranten. Früher hatten sich hier auch Neonazis versammelt, um ihres Vorbilds zu gedenken. Im Wiener Gemeinderat hatte man hitzig diskutiert, wie mit dem Lueger umzugehen sei. Sollte man die Statue stürzen?

Am Ende wurde beschlossen, dass das Denkmal bleiben, aber um drei Grad gekippt werden solle. Um eine Irritation zu bewirken. Drei Grad. Ich stellte mir vor, wie überzeugte Antisemiten durch die drei Grad ins Grübeln kommen würden. Der schiefe Lueger würde ein Umdenken bewirken, bestimmt.

Ich setzte mich neben Franz Schubert, den Impresario des Café Korb, und beichtete ihm, dass ich gerade Dominik Nepp freundlich gegrüßt hatte.

«Weil du beim ORF bist und ihr allen Teams die Daumen drücken müsst?», vermutete er.

«Nein, weil ich ein depperter Grüßaugust bin», antwortete ich.

Der Saal, in dem sich 1945 die provisorische Bundesregierung unter Karl Renner zu ihrer konstitutionellen Sitzung eingefunden hatte, war gut gefüllt. Auf den Stühlen lagen FFP2-Masken, ein Quartett spielte Musik. Die Fischers waren da, Markus, das ehemalige

Topmodel Cordula Reyer, viele aus der jüdischen Community, ein Fernsehteam des ORF.

Erika winkte mir von ihrem Rollstuhl aus zu. Sie saß in der ersten Reihe und bedeutete mir, mich neben sie zu setzen, aber es war kein Sessel frei, ich hätte mich auf die Lehne ihres Rollstuhls hocken müssen.

Der Bürgermeister trat ans Rednerpult und Markus schob Erika in die Mitte des Raums. Vor wenigen Tagen war sie noch mit einem Bein im Grab gestanden, jetzt hatte ihre Visagistin dafür gesorgt, dass sie aussah wie ein Hollywoodstar.

Der Bürgermeister sprach über ihr Leben und über seine Freude, dass sie wieder in ihrer Geburtsstadt sei. Feierlich übergab er ihr die Einbürgerungsurkunde, und Lueger musste ohnmächtig zuschauen.

Während der Rede sah ich, dass Erika feuchte Augen bekam. Sie, die nie weinte.

Anschließend war es an ihr, ein paar Worte zu sprechen. Sie bat um Nachsicht dafür, geschwächt zu sein, und kam dann auf ihren letzten österreichischen Pass, in den das J gestempelt worden war. Sie sei so froh, nun wieder einen ohne diesen Zusatz zu bekommen. Und sie entschuldigte sich für die Träne, die ihr bei diesen Worten die Wange herunterlief. Der Herrgott, sagte sie, sei ein sehr lieber Kerl. Es bewege sie, dass sie nach so vielen Jahren in dieser Stadt von sehr lieben Menschen einen Teil des Glaubens an die Menschheit zurückbekommen habe.

Einen Teil. Denn wenige Zimmer entfernt dachte sich Dominik Nepp wahrscheinlich gerade neue Grauslichkeiten aus. An Grauslichem hat's in Wien selten Knappheit.

Als wir wieder in ihrem Hotelzimmer waren, zeigte Erika mir ihren alten Pass mit dem fetten roten J. Sie würde ihn dem Haus der Geschichte Österreich schenken. Eine gute Idee, fand ich. Ich hatte meinen alten gelben Fremdenpass auch dem Wien Museum geschenkt. Seitdem Österreich in der EU war, brauchte ich ihn nicht mehr; bis dahin hatte ich jährlich zur Fremdenpolizei gehen müssen, um ihn verlängern zu lassen.

«Er war gelb?», fragte Erika.

«Ja, aber ich musste ihn nicht am Mantel tragen», antwortete ich.

«Immerhin», sagte sie.

Ich schaute mir die Bücher an, die auf ihrem Tisch lagen.

«Menschen bringen mir Bücher oder schicken sie. Sie glauben, mir ist sehr langweilig. Bei manchen Büchern ist es allerdings schade um die Bäume, die für ihr Papier gefällt worden sind.»

«À propos, was ich dir schon die ganze Zeit sagen wollte: Ich schreibe ein Buch über dich», rückte ich endlich mit der Wahrheit aus.

«Oh. Ich komme schon wieder vor? Ich bin doch in deinem letzten schon aufgetaucht!»

Sie hatte recht. In meinem Roman *Maksym* habe ich eine Szene erfunden, in der ich Erika mit meinem kleinen Romansohn im Central Park treffe. Ich hatte Erika damals um Erlaubnis gefragt, und sie hatte geantwortet: «Unter einer Bedingung! Dass du Erika mit *k* schreibst und nicht mit *c*. Ich bin schließlich Wienerin.»

Und dann hatte sie gesagt: «Weißt du, manchmal schreibt man über Dinge, die man erlebt hat, und manchmal über welche, die man noch erleben wird!»

«Ich habe noch nie über einen lebenden Menschen geschrieben», sagte ich. «Eigentlich kann man nicht über einen lebenden Menschen schreiben.»

«Willst du warten, bis ich gestorben bin? Natürlich kannst du über mich schreiben. Nicht jeder, aber du. Du kennst mich.»

«Ich habe schon angefangen. Ich assoziiere, so wie du es mir beigebracht hast.»

Sie nickte zufrieden und biss in das Croissant, das auf einem kleinen Teller auf ihrem Bauch lag.

«Plötzlich habe ich begonnen zu schreiben. Ist das Freud? Wenn ES zu schreiben beginnt?»

«Nein, du schreibst, nicht good old Freud.»

«Stimmt. Ich zahle auch die Rechnungen.»

Sie lachte. «Du kannst ja mal versuchen, dem Finanzamt zu sagen, dass ES nicht zahlen will. Sie werden dir eine Mahnung schicken.»

«In Wien vielleicht nicht.»

«Gerade in Wien. Deshalb musste er ja die Stadt verlassen.»

«Ich habe einmal gelesen, die Psychoanalyse macht Staub aus den Menschen», sagte ich.

«Das dachte Tennessee Williams auch. Er dachte, er verliert sein Talent, wenn er in Psychoanalyse geht. Ich habe ihm erklärt, dass Talent keine Krankheit ist, die Neurose ist die Krankheit. Die Neurose ist wie ein Rucksack, der am Talent hängt. Viele Künstler glauben, ihre Probleme seien Teil ihrer Kreativität. Sind sie nicht. Ihr Talent nehme ich ihnen nicht weg, ich mache nur den Rucksack leichter oder überzeuge sie, dass sie ihn gar nicht mehr brauchen.»

«Als du krank wurdest, konnte ich nicht weiterschreiben. Weil ich mir so Sorgen gemacht habe.»

«Das ist lieb, aber vielleicht wolltest du auch mal eine Pause machen.»

«Vielleicht. Und jetzt find ich schwer wieder hinein.»

Sie stellte den Teller mit dem angebissenen Croissant auf den Nachttisch.

«Part of creativity is *do the damn thing*! Es gibt kein *nicht gut genug*. Ein Baby ist ein Baby. Vielleicht wird es ein da Vinci, aber bis dahin ist es ein Baby, ein wundervolles Baby. Do it! Love doing it. Keep doing it! And forget about people's opinions. Even mine. Cause, they know nothing. Forget about other people's judgements. You know it!»

«Ok, I know it», wiederholte ich ihr Mantra.

«Wie wird das Buch heißen?»

«Eigentlich wollte ich es *Mittwochs Erika* nennen,

aber der Verlag meinte, das würde unseriös klingen, als hätte ich mittwochs einen fixen Termin bei einer Prostituierten.»

Erika lachte laut auf. «What? Das könnte falscher nicht sein!»

«Ich weiß. Jetzt wird es *Mir geht's gut, wenn nicht heute, dann morgen* heißen.»

Sie überlegte kurz. «So ein langer Titel. Dann müssen die Leute ja gar nicht mehr den Rest des Buches lesen, wenn schon so viel am Cover steht.»

«Na ja, ich hab Vertrauen in die Leute. Manche schaffen schon mehr als acht Wörter.»

Daheim sah ich mir auf Youtube noch einmal ihren Auftritt am Heldenplatz an. Genau da, wo Hitler 1938 den Anschluss Österreichs an das Deutsche Reich verkündet hatte, war Erika am 8. Mai beim *Fest der Freude* aufgetreten, einem offiziellen Staatsakt zur Befreiung vom Nationalsozialismus. Manche Gruppierungen blieben dem Festakt fern. Welche das waren, überraschte nicht. Ihnen war die Niederlage des Dritten Reichs offensichtlich kein Grund zur Freude.

Vor ihrer Rede stand Erika auf dem Balkon, von dem aus Hitler gesprochen hatte.

«I am still here, he is gone!», sagte sie.

Tausende saßen am Abend da und hörten zu, wie Erika ihre Rede hielt. Frei. Ohne Manuskript. «Lach, es macht dich glücklich. Und wenn nix Lustiges kommt, lach auf Kredit!», sagte sie, und als nach ihrer Rede die Tausende sich erhoben, um ihr zu applaudieren, lächelte sie von der Bühne herab.

«Wer hätte das erwartet? Mit 95? Da sagt man meistens: Geh schlafen!»

Die Zuschauer lachten.

Eine Nachricht kam auf mein Handy. *Zweifeln immer, verzweifeln nimmer. Bleib gesund, Erika.*

Mittwochs Erika, sie lag im Bett, ich saß neben ihr. Der Obstkorb war gefüllt, der Rollator stand neben den Bananen, Kiwis, Erdbeeren und Trauben. Offensichtlich war sie zum Tisch gegangen und ohne Rollator zurückgekehrt. Ein gutes Zeichen.

«Chronologisch waren wir da stehengeblieben, wo du bei der Geburt einer Nation dabei warst.»

«Ach, ja. Das war auch wie im Krankenhaus, wenn du zuschaust, wie ein Baby auf die Welt kommt.»

«Und du dachtest dir damals, die Politiker sind so verrückt, dass man ihnen helfen muss.»

«Ja, weil, wenn jemand Hitler gerettet hätte oder heute den halbnackten Russen auf seinem großen Pferd, dann könnte man der ganzen Welt einen Dienst erweisen. Unglücklicherweise sehnen sich viele Menschen ja nach einem Führer. Schlecht, wenn der meschugge ist. Also versuche, ihn zu retten.»

«Warum wollen die Menschen einen starken Mann haben?»

«Weil Demokratie so schrecklich kompliziert ist. Es ist ein bisserl chaotisch. Ein ständiges ja, ja, nein, nein.

Wer weiß? Sollte ich? Warum könntest du wollen, was wäre richtig, bla, bla, bla. Aber es ist gut so. Das nennt sich Demokratie. Im Faschismus heißt es, du tust dies, du das und sonst nichts. Yes, sir! Der Vater befiehlt dem Sohn, der Sohn dem Hund. Jeder will jemanden kommandieren. Demokratie ist eine sehr schlechte Regierungsform, aber die beste, die je erfunden worden ist.»

«Ein Zitat von Churchill?»

«Wahrscheinlich. He always said these little things.»

«Er war wie du. Immer kleine Aphorismen.»

«Danke für das Kompliment.»

«You are welcome. Und, hast du Menschen gerettet?»

«I hope so. I think so. Yes. Some people, yes.»

«Also noch einmal zurück, Erika. Die verrückten Politiker. Und du hast dich deshalb entschieden Psychologie zu studieren.»

«Chronologisch wird es schwer mit mir, das weißt du. In meinem Beruf assoziiert man eher.»

«Warst du am Beginn des Studiums nicht enttäuscht?»

«The first courses of anything are boring, because they are all generalized and it's a miracle that anybody taking the first course of a certain Gebiet stays there. Weil es fad ist. Aber wenn genug da, dich zu halten, bedeutet das, dass du am richtigen Platz bist. Dann kommst du irgendwann an das Tor, durch das du gehst, und dahinter sind all die Sachen, die dich wirklich interessieren. Und mach dir nicht zu viele

Gedanken über das, was die Professoren sagen, denn sie wissen nicht alles. Es ist so, als würde jemand ein Gebäude bauen, er kennt vielleicht den Eingang und die Treppen, aber er hat keine Ahnung, welche neuen Räume du bauen wirst, wenn du einziehst. Schau, bau dir deinen eigenen Raum in deinem Beruf.»

«Nun, ja, das ist ihr Job, dir zu zeigen, wie du mit deinem Fach umgehen kannst. Zu lernen, wie man lernt.»

«Ja, aber sie sind dabei so langweilig. Sie langweilen dich zu Tode. Also mach dich besser selbst auf die Reise.»

«Du hattest ja Reik. Ich nehme an, mit ihm war es keine tödlich langweilige Reise. Wie hast du ihn überhaupt kennengelernt?»

«Oh, he had written an interesting book. *Jewish wit.*»

«Witze?»

«Ja. Ich wurde zu einer Veranstaltung mit Reik eingeladen, und danach gab es Kaffee. Es waren sehr viele Menschen da, und ich habe einfach angefangen, mit ihm zu reden. Wir redeten und redeten, dann ist er gegangen. Und eine der Veranstalterinnen kam zu mir und fragte mich, worüber wir so lange gesprochen hätten, Professor Reik rede sonst nie mit jemandem. Vielleicht, weil ich aus Wien komme, so wie er, habe ich gesagt.»

«Hast du ihm erzählt, dass deine Mutter Anna Freud kannte?»

«Nein. Er war der Einzige, der nicht mit Freud gebrochen hatte. Ein paar Tage später habe ich mir gedacht, er ist so interessant, und niemand spricht mit ihm? Unmöglich. Also rief ich ihn an. Mein Mann hat mir abgeraten. Warum sollte Reik ausgerechnet mit dir sprechen wollen? Ich hab es trotzdem getan. Reik fragte mich, ob ich einen Artikel schreiben wolle, und ich meinte, ich denke eher an ein Buch. Eine Konversation. Okay, sagte er, wann wollen Sie kommen? Wie wäre es jetzt? Gut, hab ich gesagt, aufgelegt und meinen Mantel angezogen. Mein Mann fragte mich, was ich vorhätte, und ich sagte, ich würde es ihm später erzählen. Schon seltsam: Ich habe Paul in allem unterstützt und er hat das genaue Gegenteil getan. Er wollte immer verhindern, ich wollte immer ermutigen. Wir Frauen machen es, dass ihr wundervoll dasteht. Ich hab ihn immer bestärkt. Kannst du mir bitte den Rollator bringen?»

Ich stand auf und schob ihn an ihr Bett. Sie schlug die Decke zur Seite und schwang vorsichtig die Beine aus dem Bett.

«Brauchst du Hilfe?», fragte ich.

«Ich bin erwachsen, aber danke für dein Angebot.» Sehr vorsichtig stand sie auf und ging langsam, gestützt auf den Rollator, zum Obst, um sich Trauben zu holen.

«You want some?»

«Nein danke. Mir fällt gerade ein jüdischer Witz ein, den mir ein Bekannter erzählt hat. Rabinovich möchte Mitglied der Kommunistischen Partei werden, und er wird von einem Parteisekretär getestet. Wer war Karl

Marx? Weiß ich nicht, sagte Rabinovich. Lenin? Entschuldigung, den kenn ich auch nicht. Was ist mit Leonid Breschnew? Noch nie von ihm gehört. Verarschen Sie mich, fragte der Parteisekretär. Überhaupt nicht, sagte Rabinovich. Kennen Sie Herschel Salsberg oder Yankel Horowitz? Nie von ihnen gehört, sagte der Sekretär. Nahum Davidovich? Nein. Nun, sagte Rabinovich. Ich denke, so ist es. Sie haben Ihre Freunde und ich meine.»

«Jeder lebt in seiner eigenen Welt», sagte Erika und legte sich mit den Trauben zurück ins Bett.

«Du hattest gerade erst angefangen, zu studieren. Das war ganz schön mutig, mit einem so legendären Gelehrten ein Interview zu führen.»

«Jeder wusste etwas über Freud. Und ich habe ihn auch gelesen, wie eine normale Person.»

«Also hast du das Interview wie eine normale Person geführt, die sich ein bisserl auskennt?»

«Reik urteilte nicht von oben herab, er war interessiert an jedem, der interessiert war, weil er aus einer Zeit kam, in der sich niemand für die Analyse interessierte. Ich hab dir schon erzählt, dass Freud ihm riet, keine Frösche aufzuschneiden, also nicht Medizin zu studieren, weil es verlorene Zeit sei. Freud hat ihn wirklich unterstützt. Später, in Amerika, war es für Reik nicht leicht, weil sein Englisch nicht gut war.»

«Ein starker Wiener Akzent?»

«Ja, sehr wienerisch. Aber er sprach nicht. Menschen luden ihn ein, und er saß nur da.»

«Weil er schüchtern war?»

«Nein, weil er nicht angesprochen wurde. Er selbst begann niemals eine Konversation.»

«Typisch Analytiker.»

«Und dann eröffnete er die *Theodor Reik Clinic* und gründete die *National Psychological Association for Psychoanalysis*. Wir waren die ersten Analytiker, die keine Ärzte waren. Manche Leute sagen noch heute, ich sei die Enkelin der Psychoanalyse. Freud, Reik, Freeman und basta, no more Jews out of Vienna.»

«Aber du warst nie bei Reik auf der Couch?»

«Das hätte nicht funktioniert. You can't cross the line.»

«Weil du ihn kanntest und man Bekannte nicht behandelt?»

«Genau. Ich hatte schon Patienten, die ich kannte, aber ich kannte sie nicht gut, und ich dachte mir, ich sei die Einzige, die ihnen helfen könnte.»

«War das Arroganz?»

«Nein, ich habe es erkannt. Sie und ihre Probleme. Schriftsteller und Künstler. Über sie wird wenig gesprochen in der Welt der Therapie, und viele Therapeuten verstehen sie einfach nicht. Viele Schriftsteller und Künstler sind nicht Meschuggas. Es ist ein besonderes Talent.»

«Oder ein Mangel.»

«Nein, es ist ein Extra. Es fehlt diesen Menschen ein wenig an Normalität, und das schafft Raum für neue Visionen. Als Künstler bist du nicht zufrieden mit dem, was andere zufrieden macht, weil du etwas anderes siehst. Das macht nicht dich verrückt, sondern die anderen blind, und man muss diesen Unterschied erkennen können. You have to be a little meschugge to stay sane, du musst nur wissen, welche Art von meschugge die Leute sind. Nur weil du etwas siehst, das andere nicht sehen, heißt das nicht, dass es nicht da ist. Du kannst vielleicht nur einfach mehr sehen. Und aus dem Grund hat Reik sein Buch *Listening with the Third Ear* geschrieben. Heute wissen wir, dass es im Gehirn tatsächlich so etwas wie ein drittes Ohr gibt, nur hat es nicht jeder. Und meistens haben die, die glauben, es zu haben, unglücklicherweise keins.»

«Hattest du einen guten Analytiker? Oder nur diesen einen schlechten, von dem du mir erzählt hast?»

«Der erste war schlecht, aber ich konnte aus seinen Fehlern lernen.»

«Was war sein größter?»

«Er glaubte mir kein einziges Wort.»

«Das ist ein großer Fehler.»

«Und er schaute ständig auf die Uhr.»

«Du nicht, wenn du Patienten hast?»

«Doch, aber nicht ständig.»

Ich sah auf die Uhr und verabschiedete mich eilig. Ich musste meinen Sohn von der Schule abholen. Die Schule war zwar in der Nähe, aber ich gehe so langsam, dass ich immer zehn Minuten früher aufbrechen muss als andere Menschen.

«Willst du dir Shampoo nehmen?», rief Erika mir nach, aber ich winkte ab. Mein Badezimmer daheim sah schon aus wie das Lager einer Drogerie.

Im Foyer traf ich unseren Kellner aus dem Café. «Kennen Sie den? Mit dem zum Tod Verurteilten?»

«Ein Witz?»

Er nickte. «Also. Der Wärter öffnet die Zellentür des Delinquenten und führt ihn in den Hof zum Schafott. Es regnet in Strömen, und der Verurteilte sagt: Und dann noch so ein Scheißwetter. Sie haben Glück, antwortet der Wärter. Ich muss den ganzen Weg wieder zurückgehen!»

Wir lachten.

«Ob der Verurteilte auch lachen musste? Was meinen Sie?»

«Keine Ahnung. Ich hoffe es. Besser lachend abtreten.»

«Wieso?», fragte der Wiener Kellner.

Ich gehe sehr langsam, wenn ich gehe. Wer mit mir gemeinsam spaziert, wird all seine Geduld brauchen. «Kannst du nicht etwas schneller gehen?», werde ich oft gefragt. «Ich gehe gerade, so schnell ich kann», antworte ich dann und ernte Kopfschütteln. «Wer langsam geht, sieht mehr», behaupte ich gern und gehe schon bald allein. *You'll never walk alone,* für mich gilt das schon mal nicht.

«Wenn du es eilig hast, mache einen Umweg!», rufe

ich den Enteilenden noch nach, eine japanische Weisheit zitierend.

Dafür bin ich immer gerne behilflich, wenn meine schnell gehenden Freunde beim Kreuzworträtsel fragend in die Luft schauen.

«Langsam gehen mit 7 Buchstaben?»

«Zotteln, trotten, bummeln, wandern», biete ich an. «Mit 8 Buchstaben troedeln, mit 9 flanieren oder schreiten, mit 10 schlendern.»

Nur einmal in meinem Leben bin ich neben jemandem gegangen, der meine Geschwindigkeit noch deutlich unterbot, fiel mir auf dem Weg zur Schule ein. Der Aktionskünstler Daniel Beerstecher ist der langsamste Mensch der Welt. Er hat den ersten Slow-Walk Marathon der Geschichte absolviert, im Schnitt legte er dabei 120 Meter pro Stunde zurück, ja genau: pro Stunde. Ich warf die Nerven weg, als ich mit ihm spazierte. Ein Gespräch war unmöglich, weil er sich so stark konzentrieren musste, dass er nicht reden konnte. 70 Tage war er unterwegs, in Super-Zeitlupe. Er geht so langsam, Schneckentempo wäre eine maßlose Übertreibung.

Beerstecher war schon mit einem Surfbrett in der Sahara unterwegs und ist mit einem Vogelkäfig auf dem Rücken durch den Urwald spaziert. Damals ging er noch normal. Inzwischen ist er nicht einmal mehr entschleunigt, sondern bewegt sich von Stillstand zu Stillstand in für Menschen fast nicht erkennbaren Nanobewegungen.

Der erste Mensch, dessen Gehgeschwindigkeit sogar mich zur Weißglut trieb.

«Herr Beerstecher, ginge es wenigstens ein Eitzerl zügiger?», brüllte ich den deutschen Lahmarsch nach zweihundert Metern und beinahe zwei Stunden an, aber er lächelte nur, fokussiert auf den nächsten Zeitlupenschritt.

«Was soll Eitzerl überhaupt bedeuten?», fragte er, unerträglich langsam.

«Ein bisschen», erklärte ich und mein Puls raste umso wilder, je lahmarschiger er wurde.

Ich erzählte ihm völlig unmotiviert von Ernst Waldfried Josef Wenzel Mach, dem großen österreichischen Physiker, dessen Name heute unter anderem als Maßeinheit für die Geschwindigkeit von Düsenjets verwendet wird. «Mach mal schneller», hatte ich dem Aktionskünstler wohl sagen wollen und war so auf den Wissenschaftler gekommen, der in der zweiten Hälfte des 19. Jahrhunderts Professor in Prag und Wien war.

«Nach Beerstecher wird nie eine Düsenjet-Geschwindigkeit benannt werden», blökte ich Beerstecher an.

Er blieb ganz stehen. «Doch», sagte er, sehr langsam und getragen. «Zenbuddhistische Düsenjets.» Dann «ging» er weiter. Im Kreuzworträtsel würde stehen: «Sehr langsam gehen mit 0 Buchstaben.»

Seit dieser Begegnung komme ich mir mit meinem Gehtempo vor wie ein Gepard. Es ist keine Mach-Geschwindigkeit, aber mach nix. Dafür bin ich beim

Essen immer als Erster fertig. Selbst bei Slowfood. Interessanterweise höre ich da immer: «Iss langsamer!»

«Ach, jetzt plötzlich!», sage ich dann. Schnell essen mit 9 Buchstaben: schlingen.

War Beerstecher meschugge? Laut Erika wohl nicht. Ich fand auch nicht, dass er verrückt war. Er hatte etwas gefunden, das ihm so wichtig und sinnvoll erschien, dass es schade gewesen wäre, er hätte es nicht begonnen.

«Ist nicht jeder etwas meschugge? Nicht nur Künstler?», hatte ich sie einmal gefragt.

«Ja, but a lot of people are very boring meschugge.»

Am Mittwoch darauf konnte ich nicht zu Erika, weil ich früh zu einem Auftritt in Zürich reisen musste. *Dear Erika, sorry, but I have to work*, schrieb ich ihr. *Next week? Take care, Dirk.*

Dear Dirk, ok, no tomorrow. next week ok. Bleib gesund, Erika. Anyway it is nice that you don't see me as work.

Ich brachte meinen Sohn zur Schule, wir gingen, wie immer, am Sigmund Freud Museum vorbei, weil wir gleich ums Eck wohnen. Im Schaufenster lag Merchandise. Freud-Badeenten, Freud-Tassen, ein Putzschwamm mit der Aufschrift «Neurose».

«Freud, Freud, Freud. Penis, Penis, Penis», sagte mein kleiner Sohn, wie immer, wenn wir hier vorbeikamen.

Mein Sohn war sechs Jahre alt, aber Wiener Sechsjährige wissen um die Penis-Bedeutung bei Freud. Ödipuskomplex, das gehört zur Früherziehung in der schönen Stadt an der Donau.

Meine Mutter war vor Kurzem gestorben, und ich konnte nicht aufhören, diesen Satz im Kopf zu tragen. *Ich wollte nicht mit meiner Mutter schlafen. Ich bin nur traurig, dass sie tot ist.*

Ein Ohrwurm im Hirn. Im dritten Ohr.

Ich hatte Erika vom *Penis, Penis, Penis* meines Sohnes erzählt.

«That's very funny», hatte sie gesagt. «Und gut für ihn. Weil er einen hat. Er ist kein kleines Mädchen. Freud glaubte, wir Frauen hätten alle einen Penisneid. Ich glaube das nicht. Aber Freud war Jude, und es gibt einen jüdischen Männerspruch, den er bestimmt kannte. *Immerhin, danke, Gott, dass ich keine Frau bin.* Aber wir sind nicht vom Penis versklavt.»

«Diese ständige Kastrationspanik. Ich hatte das nie.»

«Jüdische Buben vielleicht schon.»

«Da waren meine Mutter und mein Vater. Er hatte einen Penis und sie nicht. Aber ich hatte nie Angst, dass er mir meinen wegnehmen würde.»

«Aber das ist nicht die Angst, dass der Vater deinen Penis nimmt. Es hat mehr mit der Mutter zu tun, nicht mit dem Penis. Ödipus hat mit der Mutter zu tun. Kennst du den Witz? Oedipus, Shmoedipus, as long as you love your mother!»

Der Taxifahrer, mit dem ich zum Flughafen fuhr, war neunzig und hatte ein Glasauge. Während der Fahrt drehte er sich zu mir um und sagte: «Keine Sorge, ich sehe auf beiden Augen gleich gut!»

Dann erklärte er mir, warum er gegen das Impfen sei. «Die Impfung macht unfruchtbar. Und diese Unfruchtbarkeit gibt man dann an die nächste Generation weiter und an die übernächste, und irgendwann sind wir alle unfruchtbar!»

Ich hätte es mir denken können, dass er ein Impfgegner war, denn auf dem Beifahrersitz lag zusammengeklappt ein Rollstuhl. Wahrscheinlich war er schon als Kind gegen die Impfungen gewesen.

Ich gab ihm trotzdem Trinkgeld. Das ist Demokratie.

Nach der Landung in Zürich nahm ich wieder ein Taxi. Ich nannte dem Fahrer die Adresse eines Sportartikelgeschäfts, das Trikots des Fußballvereins *Grashoppers Zürich* führte, wie ich im Internet erfahren hatte. Ich hatte meinem Sohn so ein Trikot versprochen, weil ihm der Name des Vereins gefiel.

Als wir vor dem Haus standen, entpuppte sich das vermeintliche Sportgeschäft als *Gay Sex Shop*. Der türkischstämmige Taxler sah mich irritiert an. Immerhin mit zwei Augen.

«Da gibt es wohl keine Grashoppers-Trikots», sagte ich.

«Wollen Sie mich verarschen?», blaffte er mich auf Schwyzerdütsch an. «Was sind Sie denn für einer?»

«Bin ich nicht. Und wenn, was ginge Sie das an?»

«Perverse Sau», sagte er.

Ich stieg aus und ging, um ihn zu ärgern, zum Eingang. Die Tür war verschlossen. Er streckte seinen Mittelfinger aus dem Fenster. Ein Zitat von C. G. Jung fiel mir ein. Denken ist schwer, darum urteilen die meisten.

Ich hatte noch Zeit vor meinem Auftritt und nahm die Fähre nach Küsnacht, wo ich mir die sehr schöne Villa von Freuds langjährigem Freund und Mitstreiter ansah. Direkt am See gelegen, mit Türmchen und Holzveranda. Gut, dass Jung eine sehr reiche Frau geheiratet hatte, Tochter eines Uhrenfabrikanten. Im Haus gibt es auch recht viele Uhren. Ein nervtötendes Geticke war das. Vielleicht neigte Jung deshalb zur Parapsychologie. Er nahm paranormale Phänomene ernst, die Freud für Unsinn und Aberglauben hielt, selbst als sich nach Schilderung Jungs bei einem gemeinsam verbrachten Abend ein solches Phänomen ereignet haben soll, es rumste nämlich wiederholt im Bücherschrank. Der Pfarrerssohn Jung war enttäuscht von Freuds unterkühlter Reaktion.

Dabei sah Freud in dem Schweizer seinen Stammhalter, seinen Kronprinzen. Erst Jung habe die Psychoanalyse vor der Wahrnehmung gerettet, eine rein jüdische Angelegenheit zu sein.

«Freud fand, Jung könnte ein großartiger Führer der Psychoanalyse werden, wenn er nur eine Schwachstelle beseitigte», erzählte mir Erika nach meiner Rückkehr aus Zürich. «Antisemitismus. Jung hat immer die furchtbarsten antisemitischen Dinge gesagt, kannst du dir das vorstellen? Dabei war Freud so begeistert von ihm. Jung war groß und sah so arisch aus.»

«Und reich war er.»

«Er war nicht reich, er heiratete reich. Das war ein bisserl iffy, weil sie war seine Patientin. Er heiratete eine reiche Patientin.»

«Ist das erlaubt?»

«Das ist der Punkt. Du solltest keine Patientin heiraten. Vielleicht später, wenn die Analyse vorüber ist und du herausfindest, dass es wirklich Liebe ist und nicht ein Abhängigkeitsverhältnis. Und sie war wirklich sehr reich. Also, alles sehr dubios. Und er war ein virulenter Antisemit, was eine große Ironie ist. Das war wohl einer der Gründe, warum er mit Freud brach. Und er entwickelte die Idee der Geschwisterrivalität. Er war selber ein Opfer dieser Rivalität, hat es bei sich aber nicht erkannt und so auf alle anderen projiziert.»

«Hast du einmal Rivalität gespürt?»

«Ich?», fragte sie überrascht. Sie setzte sich im Bett auf und überlegte.

«Als ich im Clara de Hirsch wohnte, vielleicht ganz kurz. Das Gebäude war in der 63rd Street, zwischen der Second and Third. In der Nähe war das Barbizon Hotel für Frauen. Dort wohnten all die Models und im Hotel war ein wunderbarer Drugstore, wo wir auch immer frühstückten. Also, da saßen all diese wunderschönen Models am Abend, in herrlichen Kleidern. Schönheiten. Wow! I was impressed. So much beauty!

Und morgens beim Frühstück sahen sie aus, als kämen sie aus der Hölle. Ich hatte nicht gewusst, dass es so viel Unterschied im Äußeren geben konnte.»

«Weil du dich nie geschminkt hast?»

«Damals nicht.»

«Jetzt auch nicht.»

«Nein, aber jetzt bin ich auch rekonvaleszent. Who wears make up, when you just almost made it to heaven?»

«Du meinst, man macht sich nicht schön für den Tod?»

«Genau. Aber ich werde mich wieder schminken. Weil ich nicht gestorben bin. Alle sind ganz überrascht, dass ich nicht gestorben bin. Nur ich nicht. Weißt du, ich lass mir den Tod noch nicht gefallen.»

Dann gab sie mir ein Imperialsackerl in die Hand. Cool Mint Mouth Wash, Shampoo, Showergel und Disinfectant Wipes.

«Durch dich bin ich der sauberste Mann der Stadt.»

«Die Fläschchen alleine helfen nichts, du musst sie auch verwenden.»

«Ach so!», sagte ich und schlug mir im Spaß an die Stirn.

Ich erzählte ihr von meiner Mutter. Wie sehr ich sie vermisste. Wie traurig ich sei, dass sie nicht mehr da war.

«Du redest sehr schön von deiner Mutter. Schau, seit einer Stunde erzählst du mir von ihr, und du sagst, sie sei nicht mehr da? Sie ist da. Seit einer Stunde.»

Der nächste Mittwoch hielt eine große Überraschung bereit.

Ich betrat das Foyer des Imperial, grüßte die Rezeptionisten und ging, wie immer in den letzten Wochen, zum Aufzug. Ein Rezeptionist rief mich zurück. «Herr Stermann, Frau Dr. Freeman kommt herunter.»

«Was? Wie soll sie das schaffen. Sie wird doch mit dem Rollator stolpern! Ich fahr hinauf.»

«Nein, sie hat ausdrücklich verlangt, Sie sollen am Aufzug auf sie warten.»

Also stellte ich mich vor die Lifttür. Arabische Familien, Franzosen, Amerikaner kamen heraus. Ich stand dort wie ein Verwirrter, der sein Stockwerk vergessen hat.

Schließlich öffnete sich die Tür erneut. Als wäre sie der Stargast einer Fernsehshow, stand sie da. Ohne Rollator. Sie trug eine schwarze Sonnenbrille, die Haare waren frisch hergerichtet. An der Brust trug sie ihren Orden, das Österreichische Ehrenkreuz für Wissenschaft und Kunst. Sie lächelte mich an.

«Voilà!», sagte sie.

«Wow. Ohne deine rollenden Hilfsbeine», sagte ich.

«Für dich. Ich wollte dich ohne Krücken treffen. Wollen wir frühstücken gehen? Ich habe großen Hunger!»

Die Kellner strahlten, als sie den Saal betrat.

SECHS | *Mesusa*

Auf der Straße kam mir eine orthodoxe jüdische Familie mit drei kleinen Kindern entgegen. Mir fiel eine Geschichte ein, die Erika über ihre Mutter erzählt hatte. Nach dem Anschluss Österreichs kehrte ihre Mutter eines Tages mit drei Stückerln Salami nach Hause zurück. Es war ein koscherer Haushalt, und Erika wunderte sich sehr. «Die sind koscher», sagte ihre Mutter, und Erika dachte sich, wenn diese so gläubige Frau sie anlügen konnte, dann sollte sie auch diese Salami essen, um ihr eine Freude zu machen. Wenn der Mutter so viel daran lag, musste sie mitspielen.

Erika zündet am Schabbat auch die Kerzen an. Ihr Mann war nicht religiös, sie hat es trotzdem getan. Einmal vergaß sie es, und er fragte: «Wo sind die Kerzen?»

Über all das dachte ich nach auf meinem Weg zum Friseur. Der Laden trug, wie alle Friseure, einen albernen Namen. *FREE SIR*. Bei meiner Friseuse steht ein Spruch an der Wand: Der Kopf ist rund, damit das Denken die Richtung ändern kann. Trotzdem fragte sie mich immer: Wie beim letzten Mal? Und ich nickte jedes Mal. Sie selbst trug ihr Haar wie ein Buntspecht oder Vivaldis Vier Jahreszeiten oder wie ein Fingerfarben-Set. Ihr Kopf war runder als meiner, das war offensichtlich. Mein Kopf war eckig, ich ließ mein Haar einfach wachsen und dann kürzen. Aus.

«Was ist eigentlich ein Freud'scher Verbrecher?», fragte sie mich unvermittelt beim Waschen.

«Meinst du *Versprecher*?»

«Was? Nein. Mein Bruder hat sich bei meinem Vater eingeschleimt, kurz vor seinem Tod. Er hat jetzt das Haus geerbt und ich nur das Testament, in dem steht, dass ich nichts erbe. Mein Bruder hat gelacht, als ich's geöffnet hab. So viel Schadenfreude! Dabei hab in den Jahren davor ich mich um meinen Vater gekümmert. Mein Bruder war nie da.»

«Das klingt unfair», sagte ich. «Und was hat dein Bruder sonst noch geerbt?»

«Schulden. Nichts als Schulden. Das Haus ist komplett verschuldet.» Jetzt lächelte sie.

«Happy End», sagte ich und sie nickte.

Ich verließ das *FREE SIR* und ging in meiner negativen Gehgeschwindigkeit Richtung Schwarzenbergplatz. In der Spiegelung eines Schaufensters sah ich, dass sie mehr abgeschnitten hatte als üblicherweise. Ich sah ein bisschen aus wie ein in die Jahre gekommener Identitärer.

Erika war nicht erfreut über meinen Haarschnitt.

«So kurz?», fragte sie.

Wahrscheinlich erinnerte ich sie weniger an ihren

Mann als vor dem Friseurbesuch. Seit über vierzig Jahren war sie schon Witwe. Warum war ihm kein Mann nachgefolgt?

«I've been too busy. Well, that's how life goes. You are busy working, you are busy doing things.»

«Aber du warst erst fünfzig, als er starb.»

«Eine Cousine hat Jahre nach mir ihren Mann verloren. Sie rief mich an und sagte, ich müsse jetzt sehr nett zu ihr sein, sie sei jetzt Witwe. Ich doch auch, sagte ich. Ja, erwiderte sie, aber du bist daran gewöhnt. Das zählt nicht so.»

«Wow.»

«Das ist auch meine Familie. Die Seite meiner Mutter.»

«Die fromme Seite.»

«Ja. Freud hat immer behauptet, er sei Atheist. Natürlich kann man als Jude Atheist sein, aber für die Welt bist du trotzdem ein Jude. Ob du an Gott glaubst oder nicht, egal, ab ins Konzentrationslager. Aber sie können uns nicht alle umbringen, weil wir einen Vertrag haben.»

«Mit wem?»

«Mit Gott. Ein Bund zwischen ihm und uns. Es ist offiziell.»

«Aber hat er unterschrieben?»

«Das wissen wir nicht.»

«Wenn man nicht sicher ist, dass der andere unterschrieben hat, wird es schwierig.»

«Es ist ein mündlicher Vertrag. Er hat es Moses am

Berg Sinai versprochen. Dann hat er ihm die Zehn Gebote gegeben.»

«Aber was, wenn Moses nur eine Psychose hatte?»

«Er wurde als ägyptischer Prinz aufgezogen. Es kann nicht schizoider sein.»

«Und er landete im Korb.»

«Café Korb?»

«Nur Korb. Würden diese Leute aus der Bibel heute auftauchen und diese Dinge sagen, sie kämen alle in die Klinik.»

«Nein, sie würden eine Religion begründen.»

«Aber sie bekämen trotzdem Pillen verschrieben. Würde ich sagen, ich sei der Sohn Gottes, würde ich mich selber einweisen.»

«Wir sind alle Gottes Kinder. Wenn ich jetzt sage, ich sei eine Tochter Gottes, würdest du das verneinen?»

«Ich würde sagen, du bist eine Tochter deines Vaters, der sich als alte Frau verkleidet hat, als er vor den Nazis floh.»

«Er hätte dir sehr gut gefallen. Sieben Sprachen konnte er. Meine schwedische Stiefmutter sagte, er sei der charmanteste Mann gewesen, den sie je kennengelernt habe. Meine Tante Ruth hat das bestätigt. He could charm the birds off a tree.»

Der Kellner brachte Kaffee, Croissants und Marillenmarmelade.

«Keine Butter, wie immer», sagte er, und es klang, als brächte er ihr seit Jahrhunderten das Frühstück.

«Danke, ich brauche Zucker. Wegen meinen Klienten am Telefon. Marillen gibt es nicht so viele in New York», sagte Erika. «Die mögen Marillen nicht. I always have to look for them in a Feinschmeckerei.»

«Ein Freund von mir ist Engländer, und er hat seine Mutter seit drei Jahren nicht gesehen», erzählte ich, während ich beobachtete, wie ruhig ihre Hand wieder war. Ich hätte gedacht, die Erfahrungen der letzten Wochen hätten sie gelehrt, weniger Kaffee in die Tasse zu schütten, sicherheitshalber.

«Voll wie eh und je», bemerkte ich etwas spitz.

«Gewohnheit. Gewohnheiten sind wundervoll und sie sind schwer abzulegen. Die guten und die schlechten. Also schau, dass du gute hast, weil du die auch nicht verlierst. Der Trick ist zu lernen, wie man die schlechten über Bord wirft.»

«Mein Freund flog also nach England», fuhr ich fort. «Seine Mutter liebt Bärlauchpesto, so wie du Marillen. Und es gibt in England anscheinend keinen Bärlauch. Mein Freund macht das Bärlauchpesto immer selbst, aber er hatte Sorge, dass er es im Handgepäck nicht mit ins Flugzeug nehmen kann. Ich habe ihm recht gegeben. Was also tun? Du weißt, dass ich kein sehr praktischer Mensch bin.»

«Das liegt nicht an dir, sondern an der Welt. Dass sie es zum Beispiel nicht schaffen, Geräte herzustellen, die du bedienen kannst. Es ist nicht dein Fehler, sondern ihrer.»

«Danke sehr. Aber in dem Gespräch war ich plötzlich sehr praktisch, was ihn und mich überraschte.»

«Aha?»

«Ich riet ihm, well, just take the bärlauch with you. Pflück it in the forest, bring it to London and make the pesto in London. Genauso hat er es gemacht, und seine Mutter liebte es.»

«Du bist nicht praktisch, sondern kreativ. Kreativ sein bedeutet: überlegen, wie es gehen könnte, wenn es nicht geht, wie es immer geht. Das hast du gut gemacht.»

«Du hast gesagt, du brauchst Zucker wegen deiner Patientin in der Früh?»

«Sie hat mich sauer gemacht, nicht nervös. Da ist etwas Ungelöstes in der Übertragung. Ich hatte nicht damit gerechnet und plötzlich fühlte ich ein *Arrr*. Ich wusste nicht, woher es kam, also hatte ich nicht richtig aufgepasst. Es war wohl noch zu früh für mich, ich wirkte, als wäre ich anwesend, aber in Wahrheit kam ich erst langsam dazu.»

«Du lagst auf dem Bett bei der Arbeit?»

«Sie hat sehr früh angerufen.»

«Eine nette Art zu arbeiten.»

«Es ist großartig und keine Arbeit. Wenn du liebst, was du machst, ist es keine Arbeit, und ein bisschen sollte Arbeit dir immer gefallen, weil du die meiste Zeit deines Lebens damit verbringst. Also ist die Frage, die du dir stellen solltest, was möchte ich tun, wenn ich erwachsen bin.»

«Bist du erwachsen?»

«Noch nicht.»

«Du hast noch Zeit.»

«Ich tu noch immer das, was ich mag, bevor die Erwachsenen mir sagen, dass ich etwas Erwachsenes tun soll.»

«Aber ist dein Job nicht auch manchmal langweilig?»

«Nein.» Erika schüttelte entschieden den Kopf. «Eine Person kann vielleicht langweilig sein. Dann tut sie mir wirklich leid. Aber dann bin ich die falsche Analytikerin. Wir haben den letzten maßgeschneiderten Beruf. Wenn wir nicht genau passen, ist es meine Pflicht, dich zu jemand anderem zu schicken, der für dich passt. Manche Kollegen von mir haben ein so großes Ego, dass sie glauben, jeden Patienten behandeln zu können. Nein, das können sie nicht. Du bist nicht Gott, es ist nur dein Ego. Das Ego steht immer im Weg. Vergiss es.»

«Ok, ich nehme mir einfach ein Alter Ego. Gibt es Patienten, die du zu schwierig findest? Bei denen das Problem zu groß ist?»

«Nicht, wenn ich schon zugestimmt habe, sie als Patienten anzunehmen. Alles ist schwierig und alles ist einfach, es hängt nur davon ab, wie du es siehst. Aber manchmal kommt man erst sehr spät zum eigentlichen Kern. Sie kommen und kommen, und dann, plötzlich, nach Jahren seid ihr an einem Punkt, der zum Eigentlichen führt.»

Sie trank Kaffee und biss von ihrem kleinen Croissant ab.

«The real thing you already know and then it starts later. But the first Funken is there. Du kannst es nicht rechtfertigen, nicht erklären. Im Unbewussten ist es da. Also weißt du es eigentlich, bevor du es weißt. Weil du nicht wissen willst. Das ist sehr hart. Du weißt etwas und hoffst, dass es nicht wahr ist. Also verhältst du dich, als hättest du keine Ahnung. Das ist für niemanden gut.»

«Ich habe über den Fall einer Bäuerin gelesen, am Land in Österreich. Sie hatte Depressionen, zehn Jahre lang ging sie deswegen in die Analyse. Zehn Jahre lag sie auf der Couch. Und nach zehn Jahren sprach sie plötzlich darüber, dass ihr Mann einen Bruder habe, der verheiratet sei, und dass sie in ihre Schwägerin verliebt sei. Beide waren völlig verblüfft. Der Analytiker, aber sie genauso. Was hab ich da gerade gesagt? Was haben Sie da gerade gesagt? Und plötzlich war alles klar.»

«Es war begraben, weil es nicht erlaubt war.»

«Katholisch, Land, da gab es keine Homosexualität.»

«Darf nicht wahr sein, kann nicht wahr sein, soll nicht wahr sein. Die vollkommene Leugnung. Und es gibt es etwas, das stärker ist als die Verleugnung. Die Angst vor der Entdeckung. Jemand wird dafür bezahlen. Weil sie sich daran erinnern oder es dir sagen. Also tötest du sie, bevor sie sich daran erinnern. Das ist beim Antisemitismus ähnlich. Also töten sie uns, damit sie nicht daran erinnert werden, dass die Römer es waren. Nein, es waren die Juden. Also waren die Juden schuld an den Konzentrationslagern. Es übersteigt jedes Vorstellungsvermögen, aber der Verstand funktioniert so.»

«Da sind wir wieder beim Hass. Wieso überhaupt? Wozu brauchen wir Hass?»

«Er ist Teil deiner Negativität, wenn du klein bist. Du weißt nicht, wohin mit deiner Wut. Wenn du größer bist, kannst du deine Wut anders nutzen und in etwas Positives verwandeln, weil es reine Energie ist. Aber als Kind? Der Vater tut etwas, das Kind mag es nicht, der Vater ist aber zu stark, also wird der Hund geschlagen. Es kommt darauf an, wie viel Macht ein Mensch braucht. Sie geben sich selbst Macht, indem sie sich erlauben, jemanden zu hassen. Also liebten sie Hitler, weil er ihnen erlaubte zu hassen und sie sogar ermutigte. Wen hasst du? Die Juden! Den Bart hast du auch stark gekürzt», sagte sie, und ich staunte, wie sie so schnell vom Antisemitismus zu meinem Äußeren umschalten konnte. Mit Erika gab es oft plötzliche Themensprünge. Vielleicht hielt sie das geistig so wach.

«Ich sah schon aus wie Catweazle», sagte ich. Erika schaute fragend, und ich zeigte ihr ein Foto des Hexenmeisters aus dem 11. Jahrhundert auf meinem Handy.

«Der hat einen albernen Ziegenbart und sieht deutlich schrulliger aus als du», sagte sie.

«Ja, jetzt, nachdem ich beim *FREE SIR* war. Jetzt sehe ich aus wie ein schrulliger Burschenschafter, der einen hundertjährigen SS-Mann auf dem Dachboden versteckt.»

«Lass ihn da oben. Hier unten brauchen wir ihn nicht», antwortete Erika.

«Du vermisst meinen Bart, weil er dich an deinen Mann erinnert, stimmt's? Wie habt ihr euch eigentlich kennengelernt?»

Sie war, erzählte sie, als Studentin nach Pleasantville zu ihrer alten Schule gefahren, um eine Bekannte zu besuchen. Paul arbeitete dort als sogenannter Cottage Father, weil er in diesem hausmeisterhaften Job wenig zu tun und umso mehr Zeit für die Malerei hatte. Sie schauten sich seine Bilder an und fuhren dann gemeinsam im Zug zurück nach New York.

«Er fragte mich nach meiner Telefonnummer. Die findest du schon heraus, sagte ich. Und er fuhr nach Hause und sagte seiner Mutter, ich habe gerade die Frau getroffen, die ich heiraten werde.»

«Er hat deine Nummer herausgekriegt?»

«No big deal to find out a telephone number, when you have telephone books. Ich hab ihn ein paar Mal getroffen, und dann kam Ruth nach New York. Sie war auf dem Weg nach Lateinamerika, da habe ich gesagt, dass ich ihr jemanden vorstellen möchte. Paul kam zu mir und sie hat mich gleich einkaufen geschickt. Sie wollte ihn alleine kennenlernen. Wenn ich ihn mag, sagte sie, gebe ich ihm this little mezuzah. Wenn nicht, bekommt er sie nicht.»

«Was ist das, eine Mesusa?»

«Das ist eine Kapsel aus Holz oder Silber, die hängt bei jüdischen Häusern an der Eingangstür. Drinnen steckt ein Zettel mit einem Gebet. Ruth hatte eine dabei. Sie fragte Paul, ob er mich heiraten wolle, und er sagte ja. Dann hat sie mich weggeschickt, um ihn zu testen. Als ich zurückkam, sagte Ruth nur, wenn ich bei der Hochzeit dabei sein soll, müsst ihr euch beeilen. Entweder jetzt sofort oder in zwei Jahren. Da komm ich erst wieder. Zwei Jahre schienen eine lange Zeit zu sein, also heirateten wir zehn Tage später.»

«Das ist sehr schnell.»

«Ich war schon 26. Damals warst du mit 26 eine alte Jungfer.»

«Er war Jude?»

«Natürlich. Aber er mochte es nicht, Jude zu sein. Er war Atheist. Er glaubte nicht an Gott. Ich hab ihm gesagt, ich würde koscher leben. I still do, but not that gefährlich. I don't eat ham or bacon. I still can't cross that line. Zahlt sich nicht aus. Stellt sich raus, es ist auch nicht gesund. Stellt sich raus, dass koscher mehr mit Gesundheit zu tun hat als mit Religion. Professoren von der Yale University, und das waren keine Juden, haben herausgefunden, dass es sechs Stunden braucht, um Fleisch zu verdauen, und eine bei Milch. Nimmst du beides gleichzeitig zu dir, vervielfachst du das Cholesterol. Und ich dachte, mein Gott, koscher! Darum das koschere Gesetz. Du musst eine Stunde nach der Milch warten, bis du Fleisch essen darfst, und sechs Stunden, bis du dann wieder Milchprodukte zu dir nimmst. Hinter jedem jüdischen Gesetz steht etwas Gesundes. Es hat nichts mit Liebe zu tun, weil

Liebe gefährlich ist. In unseren Geboten steht nichts davon. Wir sollen Vater und Mutter ehren, aber lieben? Das kannst du doch nicht befehlen!»

«Hattest du auch zwei Küchen? Eine für Milch und eine für Fleisch?»

«No, that's too streng und you also need to be sehr reich. Wer hat denn so viele Räume?»

Ich blickte auf meinen Teller. Eine Eierspeis mit gebratenem Speck. Daneben meine Melange. Der Speck schien den Milchschaum wütend anzuschauen. Und der Milchschaum sich zu grämen im Angesicht des Specks. Ich schob den Teller an die Seite.

«Paul war da. Das war neu für mich», fuhr Erika fort. «Er kam sogar zu meinem Analytiker mit. Er blieb im Wartezimmer sitzen, was ich sehr liebenswert fand. Wenn du immer alleine bist und plötzlich ist jemand an deiner Seite, der kein Nudnik ist, ist es sehr schön. Einige Nudniks weichen dir nicht von der Seite und du wünschst dir nichts mehr, als dass sie endlich verschwinden. Aber ein Nudnik spürt so etwas nicht, das macht ihn ja gerade aus. Egal was du tust, eine Nervensäge geht nicht weg. Aber im Jiddischen steckt im Wort Nudnik auch Verzeihen. Er ist halt so, er kann nicht anders. Okay, lass ihn laufen. Mach dir nichts draus, er ist halt ein Nudnik. Die einzigen Nudniks, die keine Nudniks waren, das waren die Nazis. Bei denen kann man nicht Nudnik sagen. Das sind Mörder.»

«Da kann man auch nicht verniedlichend sagen, *schau, er ist eben ein Nazi.*»

«Nein, er ist ein Teufel. Ein Nazi hat kein Gewissen. Wenn er eins hat, ist er kein Nazi, dann kann er keiner sein. Seine größte Freude ist die Schadenfreude. Er kennt den Hass und er kennt Schadenfreude.»

«Es wäre Chuzpe zu behaupten, ein Nazi sei ein Nudnik», versuchte ich mich schlecht im Jiddischen. Erika verzog ihr Gesicht.

«Es gibt die Geschichte von dem Mann, der Vater und Mutter erschlägt und dann den Richter um mildernde Umstände bittet, weil er ja Vollwaise ist», sagte sie. «Das ist Chuzpe.»

Mein Handy vibrierte am nächsten Morgen. Die tägliche Nachricht von Erika.

Wer tut etwas für mich, wenn ich es nicht selbst tue? Was bin ich, wenn ich es nur für mich allein tue? Wann soll ich es tun, wenn nicht jetzt? Bleib gesund, Erika

Wenn neue Tierarten entdeckt werden, hat man ja das Privileg, sie benennen zu dürfen. Deshalb gibt es jetzt eine kleine Motte, die «Neopalpa donaldtrumpi» heißt, weil die Kopfbeschuppung des winzigen Tieres der Frisur des amerikanischen Präsidenten ähnelt. Neue Arten nach Herrschern zu benennen hat eine gewisse Tradition. Es gibt zum Beispiel Anophthalmus hitleri: ein augenloser Käfer, natürlich braun, der in slowenischen Höhlen blind vor sich hinlebt und bis zu 5,5 Millimeter lang werden kann. Ohne Donald Trump verärgern zu wollen, aber der Hitlerkäfer ist damit länger als die Trump-Motte. Dazu kommt, dass auch Hitleris Gemächt deutlich größer ist. Der Aedeagus, also Penis von Anophthalmus hitleri, ist sehr kräftig und plump ausgebildet. Vielleicht findet man noch einmal ein Insekt mit einem ausgeprägt plumpen Po. Vielleicht kann man das auch nach Trump benennen. Erika meinte mal, Trumps absurd großer Fettsteiß sehe aus, als hätte er einen Tisch drin stecken. Der Hitlerpopsch ist dagegen unauffällig, also der des Käfers. Wie der Führerpo aussah, weiß ich nicht, obwohl ich sehr viele Dokus gesehen habe. Blähungen hatte er, aufgrund seiner Magenprobleme. Also der Führer, nicht der Käfer.

Der Anophthalmus hitleri ist ein räuberischer Laufkäfer und wurde 1937 von dem österreichischen Käfersammler Oscar Scheibel entdeckt. «Dem Herrn Reichskanzler Adolf Hitler als Ausdruck meiner Verehrung zugeeignet», schrieb Scheibel damals. Ich weiß nicht, ob der Reichskanzler wirklich stolz war auf die Zueignung. Ein blinder Käfer mit plumpem Penis? Passt das zu einem Führer und Reichskanzler? Ein Höhlenkäfer?

Nach dem Krieg geriet die Benennung des Laufkäfers natürlich in die Kritik. Doch nach den Regeln der zoologischen Nomenklatur kann ein einmal vergebener Name nicht mehr geändert werden. Der Käfer selbst wurde natürlich nicht gefragt, er muss mit plumpem Pimmel und dem Namen Hitler weiter durch slowenische Höhlen kriechen.

Interessanterweise ist der Anophthalmus hitleri ein gefragtes Sammlerobjekt, wobei es sich bei den Interessenten weniger um klassische Insektensammler handelt, sondern um Sammler von Nazi-Memorabilien. Dadurch ist der Käfer vom Aussterben bedroht. Der Sammlerwert der Tiere ist immer weiter gestiegen, einzelne Sammler zahlen mehr als 1000 Euro für ein Exemplar und viele Käfer wurden sogar aus Museumssammlungen gestohlen. Wenn man also in Slowenien in Höhlen kriechenden Burschenschaftern, Alt- oder Neonazis begegnet, weiß man jetzt den Grund.

Sehr beliebt ist der Käfer auch bei Rechten aus dem benachbarten Österreich. Manchmal frage ich mich, wie es Erika geht, wenn sie von rechten Politikern hierzulande hört, die über *die Ostküste* schimpfen. Verklausulierter Antisemitismus, der ihr in dieser Ausformung neu war. Sie lachte.

«Interessant. In Amerika benutzen sie immer Hollywood als Synonym für das, was sie *verjudet* nennen.»

Wien ist umzingelt von Niederösterreich, und die dortige FPÖ gilt dort als eine der rechtesten Ecken der Partei in Österreich. Ihr Parteichef war kurzzeitig über ein Liederbuch gestolpert, als herauskam, dass er einer schlagenden Verbindung angehört, die nicht nur dämliche Sauflieder sang, sondern auch solche, die zu Gewalt gegen Juden aufriefen. Kurz trat er von Ämtern zurück, kam wieder und wanderte gleich in die Landesregierung. Dass er sich im Wahlkampf darüber beklagt hatte, wie Hilfsgüter in die Ukraine geliefert würden, anstatt die Gelder für die heimische Bevölkerung auszugeben, tat seinem Erfolg keinen Abbruch. Einer seiner Parteikollegen hatte Asyl suchende Minderjährige hinter Zäune sperren lassen und im Fernsehen migrantische Wiener Schülerinnen aufgefordert, Wien zu verlassen, damit Wien wieder Wien werden könne.

Erika hatte wieder einen österreichischen Pass, aber in ihrem Altneuland nisteten Probleme aus dunklen Zeiten.

Jeden Mittwoch sah ich sie, dazwischen las und hörte ich Dinge von Landbauer und Waldhäusl, so heißen zwei besonders wirkungsmächtige Parteigenossen, die schwer zu verkraften sind für Menschen, welche Empathie besitzen. Ich träumte sogar von den beiden. Es war ein merkwürdiger Traum. Es ging um Leierschwänze. Leierschwänze sind Vögel, deren Federn aussehen, als wären sie in ein Spinnennetz geraten. Sie verbringen einen großen Teil ihres Lebens hüpfend am Waldboden und scharren mit ihren kräftigen Füßen und Krallen nach Insekten. Es ist kein schöner Vogel, wenn man ehrlich ist. Grau oder braun, dazu diese fadenförmigen Federn. Aber er kann fantastisch singen. Der schiarche Hund unter den Vögeln bezirzt die ebenso unansehnlichen Weibchen durch die großartigste Singstimme der Vogelwelt. Der Leierschwanz hat das ausgeprägteste Stimmorgan aller Vögel und gleichzeitig eine unerreichte Gabe der Nachahmung von Geräuschen beliebiger Art. Er kann die Singstimme jedes anderen Vogels mit Leichtigkeit nachmachen. Aber eben nicht nur Artgenossen, er kann auch Menschen und Maschinen sofort perfekt imitieren, sobald er etwas einmal gehört hat. In Gefangenschaft lebende Leierschwänze können Hip-Hop performen, aber auch den Sound von Kameraverschlüssen oder Alarmanlagen wiedergeben. David Attenborough hat sie bei ihren Imitationen gefilmt und weltweit berühmt gemacht. Ich hatte die Dokumentation am Abend gesehen, wahrscheinlich träumte ich deshalb von ihnen. Es ist unglaublich. Sie sampeln Sounds und tanzen dazu. Sie komponieren, schreien wie ein menschliches Baby, klingen wie eine Kettensäge. Man nennt den Leierschwanz den King of Pop der Vogelwelt.

Ich habe in meinem Traum einem Leierschwanz Reden von Waldhäusl und Landbauer vorgespielt. Er blieb stumm.

«Was ist, Leierschwanz», rief ich. Er zeigte mir sich selbst, also einen Vogel, und sagte so etwas wie: «Für manchen Scheiß bin ich mir zu schade!»

Ach, Leierschwanz. Manchmal kann man es sich nicht aussuchen.

Ich verstand ihn und dachte mir: Es ist immer die gleiche Leier. Die rechten Recken rülpsen etwas Ungustiöses, und man schreit auf, weil es gar so unsympathisch ist, Kinder im Fernsehen rassistisch zu schikanieren oder Hilfe für ein Erdbebengebiet zu kritisieren, weil es Ausländern zugutekommt und nicht Niederösterreichern.

Wenn, was ich niemals hoffe, in Niederösterreich mal etwas wirklich Schlimmes passiert, hat der Leierschwanz mir gesagt, würde er sogar den beiden «Dodeln», wie er sie nannte, helfen. Im Tierreich gäbe es übrigens auch Unsympathler.

Aber, lieber Leierschwanz, soll man diese Gemeinheiten still hinnehmen oder sich aufregen? Regt man sich auf, haben diese Gestalten doch wieder genau erreicht, was sie wollten, nämlich Erregung.

Erregen ist gut, sagte der Leierschwanz, den ich, je länger ich ihn ansah, gar nicht mehr so hässlich fand. «Wenn ich erregt bin und eine Leierschwänzlerin ansinge, kommen immer die besten Songs raus. Und wenn ich Glück habe, findet sie den Song so cool, dass sie vergisst, wie hässlich ich bin!»

«Ach was, Leierschwanz», sagte ich. «Du siehst doch eigentlich ganz interessant aus!»

«Interessant ist die depperte Schwester von Hässlich», sagte er und machte ein Geräusch, das so klang wie die Zitate von Waldhäusl und Landbauer, aber ohne Worte. Es war, wie soll ich es sagen, wie ein Würgen. Oder das Fluggeräusch eines Auswurfs. Glibberig und gelblich grün klang es. Verrückt, dachte ich. Dieser schräge Vogel kann Gefühle in Sounds übersetzen. Ich kann manchmal nicht einmal Gefühle in Gefühle übersetzen.

Ich fing an, ihn zu bewundern. Dann erst wurde

mir klar, dass der Leierschwanz ja gar nicht sprechen kann, sondern nur perfekt menschliche Stimmen nachmacht. Und trotzdem hatte ich mich mit ihm sinnvoll unterhalten. Ich war verwirrt. Wahrscheinlich, so nehme ich an, hatte er dieses Gespräch über Waldhäusl und Landbauer oder ähnliche schon öfter geführt. Weil es immer die gleiche Leier ist mit den Rechtspopulisten. Immer schon.

Er sah mich an und machte das Geräusch der Kettensäge, die einen Baum fällt. Ich lachte. Er starrte mich entsetzt an und deutete mit seinen riesigen Federn hinter mich. Da kam ein Baum. Verdammt, er hatte die Kettensäge gar nicht nachgemacht ...

Morgens schrieb ich den Traum nieder, um ihn nicht zu vergessen.

«Manche Menschen brauchen mal ein Durcheinander, wenn sie Angst haben vor einem Miteinander», sagte Erika, als ich ihr von meinem Traum erzählte. Ich zeigte ihr auf meinem Handy Videos von Leierschwänzen. Sie war begeistert.

«What a bird», sagte sie. «Und? Hattest du in der Früh eine Beule von dem Baum?»

«Nein, ich war erschlagen. Im übertragenen Sinn.»

«Gott sei Dank. Dein Leierschwanz ist ein Künstler.»

«Also wäre er ein potenzieller Patient für dich.»

«Ich habe keine Vögel als Patienten.»

«Aber seltsame.»

«Ja, spezielle.»

«Dein Mann war Künstler und hatte einen Bart wie Freud. Hast du bewusst jemanden ausgesucht, der Freud ähnelt?»

«Nein, nein, aber da fällt mir eine Geschichte ein. Paul sollte einmal bei einem Kongress vor Psychologen eine Rede halten.»

«Wieso das denn? Er war doch Maler!»

«Genau deshalb. Sie wollten Vorträge von Künstlern hören. Ein Maler, ein Schriftsteller, ein Schauspieler. Und eine Woche vor der Rede ist ihm eine dicke schwarze Warze auf der Nase gewachsen. Wenn du ihn angesehen hast, hast du nur die Warze gesehen. Man kann dich nicht sehen, wenn so etwas auf deiner Nasenspitze sitzt. Man sieht nur die schwarze Warze, der Mensch verschwindet dahinter.»

«Dein Mann wurde zur Warze.»

«Für Außenstehende, ja.» Erika musste niesen. «Das beweist, dass ich die Wahrheit sage.»

«Das Niesen?»

«Ja. Und es klingt unglaublich, was ich dir jetzt erzähle, aber denk daran, dass ich niesen musste. Es ist wahr. So passieren mir Dinge. Nichts geschieht normal. Ich weiß theoretisch, was Normalität bedeutet, weil die Leute mir von ihrer Normalität erzählen, aber bei mir ist es anders, und ich akzeptiere es. Es gibt einen Teil meines Unbewussten, der weiß, dass es bei mir anders läuft. Das kommt aus meiner Kindheit.

Ich habe meinem Mann geraten, sich einen Bart

wachsen zu lassen, um von der Warze abzulenken, und dann gingen wir zu einem Arzt. Können Sie das Ding entfernen?, fragte ich, und er antwortete: Ich könnte, aber dann wird es wiederkommen. Aber Sie können es verschwinden lassen, durch Hypnose.»

«Das hat dir der Arzt geraten?»

«Er hätte sie wegschneiden können, aber sie wäre zurückgekehrt. Würde ich sie entfernen, wäre sie weg und bliebe weg. Weil es psychologisch war. Das war eindeutig eine Abwehrreaktion. Paul war nämlich sehr schüchtern, und nun sollte er eine öffentliche Rede halten? Das Unbewusste mag lustige Sachen, du weißt nie, was passiert. Paul, hab ich gesagt, du brauchst die Warze nicht mehr. Ich habe ihn hypnotisiert, und sie verschwand.»

«Du hast mit der Warze gesprochen?»

«Zu ihm. Der Bart war schon eine Ablenkung. Durch den Bart war die Warze nicht mehr so präsent für ihn. In der Hypnose hab ich ihm dann gesagt, dass sie sich verfärben und nach drei Tagen abfallen wird. Und genau so ist es geschehen.»

Ich schaute ungläubig.

«Soll ich noch einmal niesen?», bot sie an.

«Aber der Bart fiel nicht ab.»

«Nein. Sein Bart war wie deiner, später dann größer, länger. Er sah aus, als hätte Michelangelo ihn erschaffen. Er betrat einen Raum und es war klar, der Mann ist Maler. Er hätte unmöglich ein Buchhalter sein können. Und so lange ist er schon nicht mehr da. Zwei

Wochen vor seinem Tod hat er seiner Mutter gesagt: Über mich brauchst du dir keine Sorgen zu machen. Ich habe das Leben von zwei Männern gelebt. Ich habe alles getan, was ich wollte, und nichts, was ich nicht wollte. Seine Mutter erzählte mir das, und ich fing an zu weinen. Aber es hat mich gefreut. Denn wenn es einem Mann möglich ist, alles zu tun, was er will, und gar nichts, das er nicht will, macht das immer jemand möglich. Und das war ich. Also muss ich keine Schuldgefühle haben.»

«Keine Schuld.»

«No guilt at all. Er war glücklich. Hat alles mitgenommen. Vielleicht mehr, als er sollte, aber es hat ihn glücklich gemacht.»

«Und du? Warst du in der Ehe glücklich?»

«Ja, aber ich habe die ganze Zeit viel gearbeitet. Ich war beschäftigt, jedes Wochenende.»

«Du hast das Geld verdient.»

«Das Geld hab ich auch verdient. Und dann, als er gerade anfing, Bilder zu verkaufen, lernte er den Kalligraphen der Queen kennen, und von da an beschäftigte er sich nur noch mit Kalligraphie. Er hat eine Gesellschaft für Kalligraphie gegründet, jedes Wochenende haben sich all die New Yorker Kalligraphen getroffen. Fünf Jahre lang verließ Paul jeden Samstag in der Früh die Wohnung und kam Sonntagabend zurück. Heute weiß ich, dass es nicht immer die Kalligraphie war, aber egal. It made him happy.»

«Das klingt nicht wirklich gut.»

«Ich bin sehr intelligent, aber nicht gescheit. Überhaupt nicht gescheit. Natürlich sollte man besser gescheit sein, das zahlt sich mehr aus. A Buch kann man immer lesen, nur wenn man von der Wirklichkeit nichts versteht, was soll man da tun. Aber ich komme aus einer Familie von Idealisten, okay, ein reines Gewissen ist auch nett.»

«Du hast ein reines Gewissen.»

«Ja. Und jetzt bin ich schon so alt, bald werden die Leute mir kleine Steine auf den Kopf legen.»

«Wie auf jüdische Gräber?»

Sie nickte und schmierte sich Marillenmarmelade aufs Croissant. Ich war froh, dass es in Österreich sehr viele Marillen gibt.

Am Abend erhielt ich eine Textnachricht. *Wenn eine Frau auf Sex verzichten will, dann muss sie ihn heiraten. Bleib gesund, Erika.*

Sie musste es wissen. Erika hat einen Lehrstuhl eingerichtet, der sich *home and marriage counseling* nannte. Ehe- und Beziehungstherapie. Sie hatte viele Paare als Patienten. Bei anderen war sie sehr gut.

«Ich selbst war wie eine Squaw», sagt sie heute. «For others helpful, bei mir selbst oft blind. Als junge Frau? Ich habe nie Drogen genommen, ich habe nichts gemacht. Ich war so langweilig. Paul sagte, alles, was dich stoppen kann, soll dich stoppen. Er versuchte immer, mich zu bremsen. Und manchmal hab ich mich stoppen lassen. Vielleicht weil ich alleine war. In Wien, als

Mädchen, habe ich ein Buch gelesen. *Flüchtlingkinder* hieß das Buch, ich sehe es noch vor mir, 1938 war das. Else Ury hieß die Autorin, sie hat liebe Mädchenbücher geschrieben. Kennst du Nesthäkchen?»

Ich nickte. Meine Mutter hatte immer ein Exemplar in ihrem Bücherregal stehen.

«Else Ury wurde in Auschwitz ermordet. Meine Tante sagte zu meiner Mutter, schau, was sie liest, und meine Mutter sagte, lass sie. Sie wird selbst bald eins sein.»

«Das ist traurig. Vielleicht war Paul deine neue Familie, und du hast alles akzeptiert im Austausch dafür, dass das Flüchtlingskind nicht alleine ist.»

«Und das, obwohl ich Feministin war und bin!»

«Er anscheinend nicht.»

«Er war ein interessanter Künstler, aber kein Feminist.»

«Ein warzenloser Patriarch.»

Sie lachte. «Vielleicht hätte ich das Patriarchat weghypnotisieren und die Warze als Mahnmal stehenlassen sollen.»

Eine Freundin hatte mir von den Depressionen ihres Mannes erzählt. Ich wusste, dass es ferndiagnostisch unprofessionell wäre, etwas Hilfreiches zu raten, aber ich versuchte mein Glück dennoch, weil die Freundin sehr verzweifelt war.

«Wie man einen Mann aus seiner Depression bekommt? Sag ihm, er soll seine Analytikerin öfter treffen.»

«Er hat keine.»

Erika schaute verdutzt. «Keine Analytikerin? Strange. Mistake. Gut, dann Sex.»

«Was?»

«Sie soll ihm an die Wäsche gehen. Make a pass at him. Männer sind einfacher gestrickt als Frauen. Manchmal ist es so einfach.»

Beim nächsten Besuch konnte Erika ihren Zeigefinger nicht mehr ausstrecken. Sie schaute den Finger an und versuchte, ihn mit der anderen Hand gerade zu biegen, aber es ging nicht.

«Hattest du das schon einmal?», fragte ich.

«Ja, but I always could click it. This time it won't click.»

«Wie immer? Kaffee, Croissants, Marillenmarmelade?», fragte der Kellner. «Oh, was ist denn mit Ihrem Finger, Frau Doktor.»

«Er klickt nicht», sagte ich. «Vielleicht solltest du zu einem Arzt gehen.»

«Es ging immer von selbst. Ich weiß nicht, wofür ich mich bestrafe.»

«Gäbe es einen Grund?»

«Nein.»

«Dann wird's was anderes sein als Selbstbestrafung.»

«Do you want to try?» Sie streckte mir ihre Hand entgegen. Ruths Ring war wieder da. Ich wollte ihr nicht versehentlich den Finger brechen und winkte ab.

«Ich bin kein Chiropraktiker», sagte ich.

«Aber ein Freund. Das ist oft besser», sagte sie.

«Nicht bei Fingern, die nicht klicken.»

Der Kellner kam und stellte alles auf den Tisch. Für mich ein Mineral und einen kleinen Schwarzen.

«Wie die Seele», sagte er. «Und für Frau Doktor habe ich noch ein Grußkarterl von dem englischen Herrn.» Er legte ihr ein Kärtchen neben den Teller mit den klitzekleinen Croissants. Wie immer las sie ohne Brille.

«Oh, John Cleese. Kennst du ihn?»

«Er hat dir einen Gruß geschickt?»

«He is a funny guy. Er hatte eine große Show in Wien und hat mich eingeladen. Aber ich konnte nicht, weil ich schon für eine Buchpräsentation zugesagt hatte. ‹Das Gesetz und das Unbewusste›. Mein Anwalt hat an der Freud-Universität studiert und ist jetzt Anwalt und Analytiker.»

«War das auch ein Patient von dir?»

Sie zuckte mit den Schultern. «Du weißt, ich spreche nicht über meine Patienten. Cleese würdest du mögen.»

«Ich hab ihn selbst kennengelernt. Er ist ein in die Jahre gekommener Sexist, aber ich mag ihn auch», antwortete ich und erzählte von seinem Besuch in meiner Fernsehsendung und dass mein vierzehnjähriges Ich fast ohnmächtig geworden wäre, als er mich anfragen ließ, mit ihm gemeinsam aufzutreten.

«Und du hast abgesagt? John Cleese hast du abgesagt? Wegen deinem Sohn?»

«Ja.»

«Wow! Das macht dich zu einem Zadik.»

«Ein Zadik? Was ist das denn?»

«A holy man. Es gibt 36 Zadiks auf der Welt. Sie wissen alle nicht, dass sie einer sind. Gott lässt die Welt weiterbestehen wegen ihnen. Wegen den Zadiks zerstört er die Welt nicht.»

«Und du glaubst, ich sei einer, weil ich bei meinem Sohn bleiben wollte?»

«Für einen Mann im Showbusiness? Wenn John Cleese fragt, und du sagst ab wegen deinem Kind? Hast du nicht selber das Gefühl, das macht aus dir etwas Besonderes?»

«Ich weiß nicht», sagte ich. «Ich werde es meinem Sohn einmal erzählen, wenn er wütend auf mich ist. Weißt du, Sohn, dein Vater ist ein Zadik!»

«Es wird ihm gefallen.»

«Schauen wir mal. Aber danke für das Kompliment.»

«Dirk, why do you accept the bad as the truth and the good only as a compliment?»

Immer versuchte Erika, mich zu stärken. Aber immer war ich skeptisch. Ich kannte mich besser, auch wenn Erika das nicht glaubte.

«Es gibt eine Tür. Auch bei dir. Die müssen wir finden, aber du musst sie öffnen.»

«Vielleicht ist es bei mir nur ein Fenster. Oder ein Schornstein.»

«Der Zauber der Analyse ist, dass wir Zeit haben, die

Tür zu finden. Viele Patienten beschützen die Tür, mit allem, was sie haben. Und plötzlich: eine Tür. Wow! Stell dir vor. Räume, die dahinter sind, die du noch nie betreten hast, obwohl du seit über fünfzig Jahren in dem Haus wohnst!»

«Kannst du dich an deinen ersten Patienten erinnern?»

«Natürlich. Ich war an der Reik Clinic. Es war eine junge lesbische Frau, sechzehn oder siebzehn. Vielmehr dachte sie, sie sei lesbisch. Sie hatte einen sehr gewalttätigen Vater. Das reicht, um sich als junges Mädchen vor Männern zu fürchten.»

«Und sie lag auf der Couch?»

«Nein, in der Klinik musste man sitzen. Ich lag auf der Couch.»

«Während sie geredet hat, lagst du auf der Couch? Das war ja ein toller Job.»

«Nein, nein!» Sie lachte. «Ich lag während meiner Ausbildung auf der Couch, ich war selber in Analyse. Beim Arbeiten natürlich nicht.»

«Aber die Idee war, dass du Politiker heilst, nicht lesbische Frauen berätst.»

«Erstens schließt sich das nicht aus», sagte Erika. «Zweitens war ich zu der Zeit noch in Ausbildung. Mit Supervision, weil es sehr wichtig war, sich mit erfahrenen Kollegen auszutauschen. Später kamen dann Künstler, und ich merkte, dass ich mit denen gut arbeiten kann. Weißt du, ihr sprecht wie alle anderen, seid aber nicht wie alle anderen. Künstler haben etwas Spezielles, some special nuance, ihr seid sensibel, which you don't show, of course. And you can see things or understand things which most people don't even know exist. Und das macht einsam, weil man mit niemandem darüber sprechen kann. Because if you tell, they think you are meschugge, if they even listen. Es ist kompliziert für euch, aber ein Glück für mich. Ich verstehe es. And now, I can eat und you will talk. Because I am hungry and I don't talk with food in my mouth, because I am a gut erzogenes Mädchen.»

Ich nahm einen Schluck Mineral und erzählte ihr von einem befreundeten Psychiater, der beim Nachtdienst auf der Baumgartner Höhe, der großen Nervenklinik in Wien, einen denkwürdigen Einsatz hatte.

Ein Mann mit Gehbehinderung träumte in der Nacht, Österreich würde von den Chinesen angegriffen. Eine Invasion. Der Traum war so echt, dass er schweißgebadet aufwachte, sich anzog und in den Rollstuhl setzte, um zur nächstgelegenen Kaserne zu rollen. Er wollte sich freiwillig melden für den Abwehrkampf gegen die Chinesen. Der Zufall wollte es, dass der wachhabende Soldat in dem Häuschen an der Kaserne ein Austro-Chinese war. Bei seinem Anblick brach der Rollstuhlfahrer vollends zusammen. Er war zu spät gekommen. Die Chinesen hatten Österreich besetzt. Mit einer schweren Psychose wurde er in der Baumgartner Höhe eingeliefert und mit starken Medikamenten mühsam beruhigt.

«Der arme Mann», sagte Erika. «Stell dir vor!»

«Könntest du jemanden mit diesem Problem behandeln?»

«Erst, nachdem er Medikamente bekommen hat. In der Psychose hört er dich nicht. Er ist unerreichbar. Du musst ihn da rausholen. War es Freud? Ich weiß nicht mehr, aber ich glaube schon. Jedenfalls steckte einer seiner Patienten, ein reicher russischer Adeliger, mitten in einer Psychose, und er war erst ansprechbar, nachdem Freud ihm eine kräftige Ohrfeige verabreicht hatte. Besser geht es natürlich mit Medizin. Dann kann meine Arbeit beginnen. Ganz langsam. Jemand kommt in meine Praxis und ist klitschnass? Ich frage nicht, warum. Erst einmal trockne ich ihn ab. Und dann, ganz langsam, schauen wir nach dem Grund. Vielleicht war es nur ein Regen? Oder ist er in den Fluss gesprungen oder ist es Angstschweiß?»

«Klitschnass vor Angst? Das muss wirklich viel Angst sein.»

«Manche haben sehr viel Angst. Und dann beginnst du die Suche. Und lernst auch durch falsche Fährten. Wie Edison, als er nach unzähligen Irrwegen so große Entdeckungen und Erfindungen auf dem Gebiet der Elektrizität machte. Man hat ihn später gefragt, ob er die fehlgeschlagenen Versuche als Scheitern empfunden habe. Nein, war seine Antwort, ich habe ja gelernt, was nicht funktioniert. Das ist eine großartige Einstellung. Das ist kein Scheitern. Es funktioniert nur noch nicht. Also werde ich weiter probieren. Weißt du, Reik wurde damals gefragt, warum er das Buch mit mir gemacht hat, und nicht mit Kollegen oder älteren Studenten. Er sagte, weil Erika und ich ähnlich denken und ich ihr nur die Richtung zeigen muss, in die ich gegangen bin. Sie geht dann in eine andere Richtung, und das ist sinnvoll. Sie ist der nächste Schritt.»

«Waren die anderen nicht eifersüchtig?»

«Vielleicht, aber ich hätte mir nicht vorstellen können, worauf. Es gibt natürlich überall destruktive Menschen. Menschen, die nicht zufrieden sein können, wenn andere zufrieden sind. Aber wie könntest du eine gute Therapeutin sein, wenn du nicht glücklich bist, dass es anderen gut geht? And you can't beschränk it only on your patients. Wenn es dich nicht froh macht, andere glücklich zu sehen, wie kannst du dich dann darüber freuen, dass es deinen Patienten besser geht? Und du solltest dich für sie freuen, nicht für dein Ego. Eric Kandel hat ja den Nobelpreis bekommen für den Beweis, dass glückliche Menschen gesünder sind und auch gescheiter. Wenn du nichts hast, was dich zum Lächeln bringt, ist dein Hirn nicht sehr clever. Aber du kannst dein Hirn konditionieren. Du zwingst deine Lippen zu einem Lächeln, zählst bis zehn und dein Hirn sagt sich, oh, ich lächle, ich muss also glücklich sein! Und gleich fühlst du dich glücklicher.»

«Chemie?»

«Letztlich, ja.»

«Und ist es Chemie, dass ich mich glücklicher fühle nach Gesprächen mit dir?»

«Für wie lang?»

«Dreißig Minuten, vielleicht?»

«Das ist viel.»

«Weil ich ein so simpler Charakter bin und du es schaffst, dass ich mich gut fühle.»

«Das funktioniert nicht mit simplen Charakteren. Nur mit komplizierten. Ich mag die Komplizierten, die normalen Neurotiker waren nie so interessant für mich, weil sie nicht dieses extra Ding haben. Dieses Extra stört die kreativen Neurotiker und sie denken, es sei schlecht. Irgendwann verstehen die meisten aber, dass es gut ist und nur eben die sogenannten *Normalen* so etwas nicht haben und auch nicht verstehen können, dass es dich nervt. Sie denken, was ist los mit dem? Es gibt ein Level an Normalität, das Gesetz ist. Bis dahin gilt etwas als normal, alles andere ist crazy. Eine Abweichung, und wir vertrauen Abweichungen nicht. Einige haben Angst davor, andere sind neidisch, aber das Resultat ist immer, they put you down. Und das verletzt dich, weil du sensibel bist. Lass sie! Schließ die Tür, wenn du sie nicht hereinlassen kannst. Es hat keinen Sinn, einen Stepptänzer ein großes Ballett tanzen zu lassen. Du bist ein guter Stepptänzer. Mach dir nichts draus oder mach was Gutes draus! Nur, weil nicht etwas anderes funktioniert, heißt es nicht, dass es nicht wundervoll sein kann. Denk an Kolumbus. Er lag völlig falsch, trotzdem ist er ein Held. Er dachte, er hat Indien gefunden, drum hat er ja die Arapaho und Cherokee Indianer genannt.»

«Mir hat einmal ein Lakota erzählt, dass sie als

Kinder natürlich nicht Cowboy und Indianer gespielt haben, sondern Wikinger.»

«Natürlich. Die Cowboys waren ihre Feinde, und die Wikinger haben sie nicht zu Indern ernannt, sondern sich mit ihnen vermehrt. Es heißt ja zum Beispiel, dass viele Isländer noch aus der Wikingerzeit amerikanische Vorfahren haben, schau dir nur mal diese Sängerin an. Aber weißt du, was auch witzig ist: Es gibt nicht wenige Leute, die meinen, die Cherokee wären ein verlorener Stamm Israels, weil sie als die Intelligentesten unter den First Nations gelten.»

«Waren sie nicht die Ersten, die eine Schrift hatten?»

«Eben, darum gibt es die Theorie, dass einige Juden aus Ägypten nach Amerika geflohen sind, und aus denen wurden die Cherokee.»

«Aber die Cherokee tragen keine Kippa.»

«Na, vielleicht aus Angst vor Antisemiten. Die gibt es ja überall, warum nicht in der Prärie?»

«Fühlst du dich denn den Cherokee verbunden?»

«Mehr als manchen Österreichern.»

Am Wochenende ging ich zum Naschmarkt. Ich wollte schauen, ob ich eine Mesusa für sie finden würde, die sie sich an ihre Hotelzimmertür hängen könnte. Für mazel tov. Aber die überwiegend rumänischen Verkäufer auf dem Flohmarkt hatten nur alte Kassettenrekorder und Puppen ohne Köpfe im Angebot.

Gegenüber, vor der Türkis Rosa Lila Villa, demonstrierten besorgte Rechte, weil innen eine Lesung einer

Dragqueen für Kinder stattfand. Es waren die gleichen Gesichter wie bei den Corona-Demos.

Dass im Schwulenzentrum Kinder von Geimpften durch eine Dragqueen zwangsbeglückt wurden, musste die armen Menschen zur Weißglut treiben. Es waren etwa zweihundert Demonstranten, ihnen gegenüber standen mehrere Hundert Gegendemonstranten, die schlechte Reime skandierten. «Nazis haben kleine Spatzis.» Zwei städtische Straßenreiniger drohten den Rechten mit ihren Besen. «Fegenboden Parade» stand auf ihren orangen T-Shirts, eine freundliche Anspielung auf die jährliche «Regenbogen-Parade» der LGBTIQ-Community.

Ich konzentrierte mich wieder auf die Stände mit den staubigen Büchern und den Vasen ohne Boden. Hinter einem Stand mit Baldachin ordnete ein orthodoxer Jude seine Pejes. Es war Samstag und mich wunderte, wieso er nicht in der Synagoge war und noch dazu arbeitete. Ich sprach ihn darauf an.

«Ich steh hier nur», sagte er. «Mein Freund ist Katholik. Er verkauft meine Sachen. Es ist Schabbat, da kann ich doch nicht arbeiten.»

Er nahm einen Zug von der Zigarette, die er in der Hand hielt, und mein unsicherer Blick entging ihm nicht.

«Der Rabbi sagt, für Juden ist rauchen nicht so ungesund wie für Gojim, weil wir an Schabbat nicht rauchen dürfen. Der rauchfreie Tag hält uns fit.»

«Aber es ist doch Schabbat!»

«Ja, aber siehst du den Rabbi irgendwo?»

Ich lachte und dann sah ich auf seinem Tisch etwas.

«Das ist die erste Mesusa, die im Imperial vor einem Zimmer hängt», sagte Erika. Sie hatte sich sehr über das Geschenk gefreut. Als ich ins Café gekommen war, stand sie vor einem Tisch, an dem zwei Männer saßen. Sie stellte uns vor. Der ältere der beiden war Professor für Orientalistik, der andere ein Filmemacher aus Israel. Erika unterhielt sich mit ihm auf Hebräisch, ich verstand natürlich kein Wort. Schließlich beugte sich der Israeli nah zu ihrem Ohr und flüsterte, aber laut genug, dass ich ihn verstehen konnte, er sei vom Mossad. Sie wechselten wieder ins Hebräische und wir verabschiedeten uns. Als wir uns an unseren Niki-Lauda-Tisch gesetzt hatten, fragte ich sie, ob ich das richtig verstanden hätte.

«Macht sich nur wichtig», sagte Erika. «Er kennt meine Tante. Wäre er beim Mossad, hätte er das natürlich nicht gesagt. Daran erkennst du Menschen, die nicht beim Mossad sind, wenn sie dir sagen, sie wären dort. Nebbich!»

Ich überreichte ihr die Mesusa. Endlich machte ich ihr ein Geschenk, nach den Massen an Körperpflegeartikeln, die sie mir geschenkt hatte.

«Very sweet», sagte sie und lächelte.

«Gerne. Ich hab's bei einem Cherokee-Juden gekauft, der an Schabbat Friedenspfeifen raucht.»

«Soll er nur, wenn es hilft. Sprach er Cherokee?»

«Nein, Wienerisch. Mit Bart und Schläfenlocken, ohne Federn.»

Wir fuhren hinauf in den dritten Stock und ein junger Hotelmitarbeiter half uns, die Mesusa zu befestigen.

«Wir brauchen jemanden, der ein Gebet spricht», sagte Erika.

«Es ist schief», sagte der Hotelangestellte.

«Das ist in Ordnung. Nur Gott kann die Dinge richtig machen, Menschen machen Fehler. Die Schma darf schief sein, wenn wir es tun.» Erika hatte bestimmt, dass sie im oberen Drittel des rechten Türpfostens hängen müsse.

«Was steht eigentlich auf dem Pergament der Kapsel?», fragte ich. «Etwas aus der Tora?»

«*Du sollst diese Worte auf die Türpfosten deines Hauses und deiner Stadttore schreiben.* Moses.»

«Und das Schriftzeichen außen?»

«*Schin dalet jud.* Hüter der Pforten Israels.»

«Ich bin Palästinenser», sagte der Hotelangestellte.

«Ist es trotzdem in Ordnung für Sie?», fragte Erika.

«Natürlich, Frau Doktor. Sie sind ja nicht Ariel Scharon oder Netanjahu. Denen würd ich ihre Mesusa komplett verdrehen!»

Erika lachte. «Ich auch. Kommen Sie doch auf ein paar Minütchen mit uns hinein.»

Wir traten in ihr Zimmer, setzten uns in die sehr bequemen Sessel und aßen zu dritt Obst und Imperialtörtchen. Es war ein sehr gemütlicher Vormittag. Erika erzählte uns von ihrer ersten Patientin, die sie in ihrer eigenen Praxis hatte, nachdem sie die Klinik von Reik verlassen hatte. Eine überaus devote Katholikin, die in einem Kloster arbeitete.

«Sie war Ende dreißig und hatte so wenig Selbstwertgefühl, dass sie nicht einmal eine Handtasche trug. Alles führte sie in einem Papiersackerl mit sich. Stell dir vor! Und sie hat für diese Mönche gearbeitet. Sie war völlig verschüchtert. Als wir mit der Zusammenarbeit fertig waren, hatte sie einen Collegeabschluss! Sie begann ein Studium, weil sie mit beeinträchtigten Kindern arbeiten wollte, und wurde Nonne. Wow! Eine Kollegin fragte mich, wie ich sagen könne, dass das ein Erfolg sei? Eine Frau, die sich so klein vorkommt, dass sie ein Papiersackerl hat statt einer Handtasche, und glaubt, dass sie es nicht wert ist, zu Jesus zu sprechen, ist nun eine Lehrerin und Ordensschwester! Das ist eine großartige Leistung. Du kannst nicht nach dem gehen, was für die Welt ein Erfolg ist. Sie dachte, sie ist nichts, und jetzt ist sie mit Jesus verheiratet. Toll! Man darf nicht über die Werte anderer urteilen. Du musst von diesem einen Menschen ausgehen. Diesem Minderwertigkeitskomplex etwas entgegenstellen. Aber Vorsicht bei denen, die sich überlegen fühlen! Die können die Welt vernichten.»

Younes nickte ernst. Younes, die Taube, der Friedliebende, und Erika. Zwei Flüchtlingskinder.

«Als ich mich entschieden habe, die Welt zu retten, war mir klar, dass ich immer nur einen Menschen nach dem anderen retten kann.»

«Aber nur Menschen, die du nicht kennst.»

«Mit engen Freunden geht's nicht, das hast du dir gut gemerkt, sonst müsste man die Freundschaft aufgeben und ich will nicht immer Freundschaften beenden. Aber Freunde schickten Bekannte, wenn die zufrieden waren, haben sie mich weiterempfohlen.»

«Ein Schneeballsystem.»

«Ja. Aber es funktioniert nicht immer, es macht nicht immer Klick.»

«Wie dein Finger. Geht's ihm besser?»

«Ja, und wenn nicht heute, dann morgen.»

Tatsächlich war ihr Finger noch immer stark gekrümmt. Aber morgen würde kommen.

«Ich bin für einige Patienten besser als für andere, und wenn ich für dich nicht besser bin als Kolleginnen, dann nehme ich dich nicht. Wenn ich nicht das Beste bin, was dir in einem schweren Moment passieren kann, dann habe ich kein Recht, dich zu behandeln. Aber wenn! Wenn jemand zu mir geschickt wird, von dem es heißt, man kann ihn nicht behandeln, er ist total meschugge, eine kreative Persönlichkeit, dann find ich's wundervoll. Die Kolleginnen sind froh, dass sie den komplizierten Patienten los sind, und meistens funktioniert es. Ehrlich gesagt, ohne arrogant klingen zu wollen, bis jetzt hat es immer funktioniert. Es ist ein Glück. But you also have to go by your Bauch. Der

Kopf weiß und der Bauch versteht. Du musst auf beide hören. Denn etwas zu wissen heißt nicht automatisch, es auch zu verstehen. Wir müssen es nicht verstehen. Du musst nicht wissen, wie ein Auto funktioniert, um fahren zu können. Aber es hilft, wenn du es reparieren musst.»

«Wo hattest du eigentlich deine Praxis?»

«Immer zu Hause. Ich wollte keinen Praxisraum in der East Side mieten, wo all die fancy Analytiker waren. Ich hätte eine Stunde hin gebraucht und eine zurück. In der Zeit hätte ich zwei Patienten haben können. Wir hatten dann eine Wohnung mit acht Zimmern. Meine Praxis, das Studio meines Mannes und unsere privaten Zimmer.»

«Acht Zimmer? Ein Palast!»

Erika lachte. «Sechs Zimmer waren sein Atelier und zwei Zimmer mussten für Praxis und Wohnen reichen. Es war damals nicht so teuer. Riverside Drive.»

«Manhattan?»

«Natürlich. Paul wollte nach Brooklyn, aber ich auf keinen Fall. Meine ersten Verwandten wohnten dort, no way in hell I was going to live in Brooklyn. Ich hatte einen kleinen Vorraum, ein Wartezimmer. Ich habe immer versucht, es so zu planen, dass sich meine Patienten nicht begegnen. Aber manchmal trafen sie sich doch, und meistens haben sie sich gefreut, sich zu sehen.»

«Wirklich? Ist das nicht unangenehm?»

«Celebrities are always happy to see another celebrity.»

«Ich weiß ja, dass in New York alle zum Analytiker gehen. Darum gibt es auch so viele.»

«Nicht genug. Es wird nie genug geben. Es gibt nie genug Menschen, die etwas für die Gesundheit tun. Ich musste viele wegschicken, weil ich keinen Platz hatte. Manche waren sehr hartnäckig, und dann merkte ich, dass sie gar nicht wegen der Therapie kommen, sie wollten zu einer berühmten Analytikerin. Dabei wusste ich damals noch gar nicht, wie berühmt ich war.»

«Wann hast du gewusst, dass du berühmt bist?»

«Ich bin mit meiner Tante Taxi gefahren. Meiner famosen, heldenhaften Tante. Wir stiegen ins Taxi, ich sagte dem Fahrer die Adresse, und er rief: Hey, Erika, wo bist du gewesen? Ich hab dich schon länger nicht gehört! Als Taxifahrer hatte er ja immer das Radio an, ich bin da regelmäßig aufgetreten. Ruth hat mich beeindruckt angeschaut. Da wusste ich es. Aber Ruhm hat nichts damit zu tun, wie gut du bist. Ruhm hängt davon ab, wie gut deine PR ist. Kennst du Zsa Zsa Gabor? Sie war berühmt dafür, berühmt zu sein. Was hat sie gemacht? Nichts. Sie hat reiche Männer geheiratet, mehr nicht, aber jeder kannte ihren Namen. Also, wenn du berühmt werden willst, such dir eine gute PR-Agentur. Kaum jemanden interessiert, warum du berühmt bist, sie kennen nur deinen Namen. Wenn es das ist, was du willst, warum nicht? Wenn niemand verletzt wird und es dich nicht verletzt? Manche brauchen das, sonst werden sie destruktiv. Man braucht ein wenig Ellbogenraum und wenn der Mensch den nicht hat, schlägt er anderen den Ellbogen ins Gesicht. Also gib ihnen ihren Raum, und du endest nicht grün und blau.»

«Und wie bist du zum Radio gekommen?» Sie antwortete nicht, und ich merkte, dass der Tisch zu weit von ihr entfernt war. Also schob ich ihn näher an sie heran.

«Long John Nebel», sagte sie und es klang wie ein Songtitel. «Der Name wird dir nichts sagen, aber das war eine sehr beliebte Live-Talkshow, die von Mitternacht bis fünf Uhr früh auf NBC lief und Millionen von Hörern hatte.» Ab Mitternacht. Ich stellte mir vor, wie Erika im Herbst oder Winter in der Nacht zu Nebel fuhr, vorbei an Kanaldeckeln, aus denen Rauch aufstieg.

«Da gab es ein Paar in Kalifornien, die ein Buch gegen Freud geschrieben hatten. Long John rief mich an und fragte, ob ich mich als zu beschimpfender Freud zur Verfügung stellen würde. Stellvertretend für Freud. Ich kannte die Sendung, weil Paul sie beim Malen immer eingeschaltet hatte, und sagte zu. Mein Auftritt als Freud gefiel ihm, und so wurde ich Stammgast, was praktisch war, denn so konnte mein Mann mir jede Nacht zuhören.»

Jahrelang war sie also Gast bei Long John, einem ungewöhnlich großen älteren Herrn. Auf einem Foto schien er sie um drei Köpfe zu überragen, aber das lag vielleicht an der Perspektive. Was für ein guter Showgast Erika ist, hatte ich selber erfahren, es wunderte mich nicht, dass sie über die Jahrzehnte in zahlreichen anderen Radio- und Fernsehsendungen aufgetreten war.

«I didn't see it as radio and TV, I just saw it as talking. I like talking», sagte Erika. «Immer noch. Ich bin gesund, wenn auch mit einem merkwürdigen Finger, und schau, du redest mit mir und ich bin nicht so langweilig, dass du sagst, okay, I have to go now.»

«Gibt es eigentlich auch diese Übertragung, wenn wir miteinander reden?»

«Transference? Willst du mein Patient sein? Schau, bei der Übertragung kriegt man als Analytikerin sehr viel Hass ab, stellvertretend. Und dann sagt die Familie der Patientin, warum gehst du noch dort hin, schau, wie nett du jetzt bist.»

«Bist du bei der Übertragung zum Beispiel die Mutter?»

«Ja, oder der Vater. Ich bin die gehasste Person. Ich bin die Person, die man nicht hassen darf, das heißt die wirkliche Person. I'm the substitute. Zwischen mir und der wirklich gehassten Person ist ein Fluss, das rührt mich nicht an, ich muss das nur wissen. Und vor allem: Es zahlt sich aus.»

«Und wenn du Urlaub machst, fallen die Patienten in ein Loch.»

«Ich mache keinen Urlaub! In New York ist das ein großer Witz. Alle Psycholeute gehen im August in den Urlaub. Das ist der berühmte Monat, wenn es keine Analytiker in New York gibt.»

«Und die Stadt dreht durch.»

«Nur ich hab nie Urlaub gemacht. Und da waren viele Menschen eifersüchtig auf meine Patienten. Warum geht deine nicht weg? Sie ist immer da!»

«Und warum hast du nicht Urlaub gemacht?»

«Ist mir nicht eingefallen. Ich bin einfach nicht weggefahren. Die Probleme der Patienten fahren auch nicht weg.»

«Aber im August ist New York so heiß. Und das könnte doch ein Grund sein, ans Meer zu fahren oder in die Berge.»

«Ja, aber Paul didn't want a place on the Meer.»

«Und die Squaw schwitzt in der Stadt.»

«Aber gut, dass die Squaw gearbeitet hat. Ich hatte einen Patienten und da kann ich dir sogar sagen, wer es war, weil er darüber geschrieben hat. Frederic Morton. Sein Analytiker fuhr im August weg. Egal, was mit seinem Patienten passiert, er fährt einfach weg. So waren sie alle. Und ich war die einzige in der Stadt. Morton kam und war zerstört. Wirklich am Ende. Also habe ich zu seiner Frau gesagt, sie soll ihn jeden Tag bringen. Sieben Tage die Woche. Ich habe immer eine Jause gemacht.»

«Auch am Schabbat?»

«Natürlich auch am Schabbat. Du kannst doch der Krankheit nicht sagen, heute ist Schabbat, hör auf. Nach zwei Wochen ging es ihm besser. Nicht gut, aber besser. Und da musste er nicht mehr täglich kommen. Zum Schluss hat er mir einen Kosakentanz beigebracht.»

«Er hat in deiner Praxis getanzt?»

«Er ist in die Knie gegangen und fing an. Er wollte mir zeigen, dass er wieder Gymnastik machen konnte. Und dann hat er diesen Artikel über mich geschrieben. He made gnadenlos fun of me, sehr lustig. Und ich war richtig stolz, denn ein Schriftsteller darf keine Angst haben. Er muss über alles schreiben, was ihm einfällt. Und wer Angst hat, über mich zu schreiben, ist noch nicht frei. Bist du frei?»

«Ich kann keinen Kosakentanz!»

Frederic Morton. Den Namen kannte ich nur, weil in Wien Hernals ein Park so heißt. Wie ich später im Internet herausfinden sollte, war er als Fritz Mandelbaum zur Welt gekommen, ebenfalls in Wien, der Großvater hatte für Kaiser Franz Joseph I. k.u.k. Orden und Medaillen geschmiedet. 1940 emigrierte die Familie über London nach New York. Sein Vater änderte den Familiennamen, weil er als Herr Mandelbaum nicht in die damals weithin antisemitischen US-Gewerkschaften hätte eintreten können. Frederic Morton war Kolumnist der *New York Times*, beim *Playboy*, bei *Esquire* und der *Village Voice* und schrieb zahlreiche Bestseller. Seine Frau Marcia wurde berühmt durch ein Kochbuch, das mit seiner alten Heimat verbunden war: *The Art of Viennese Cooking*. Ich bat Erika, mir den Artikel zu kopieren. Zwei Tage später lag ein Kuvert vom Hotel Imperial in meinem Briefkasten.

Der Artikel war im November 1971 in *The Village Voice* erschienen.

«Wir waren tief in meinem Kastrations-Komplex gefangen, sie hatte die Beine überkreuzt, völlig versunken in den Dialog, und sie sagte nicht *Nun, wir müssen jetzt aufhören*, sondern als träfen sie die Zeiger der Uhr ins Herz, seufzte sie *Ach, too bad!*

Beinahe melancholisch.

Am nächsten Tag kommt eine Rechnung auf einem Briefpapier, das aussieht, als wäre sie eine Podiatristin, und informiert dich, dass der Satz für die Stunde um fünf auf 40 Dollar erhöht wurde.»

Ich habe noch nie eine Rechnung von einer Podiatristin bekommen, stelle mir aber ein rosafarbenes, pastelliges Papier vor, wahrscheinlich, weil ich an Pediküre denke.

«Sie könnte zum Beispiel eine Stunde so beginnen: Ich werde heute Nacht zu Gast sein in der Long John Nebel Show, fünf Stunden lang. Ich spreche über Marsmenschen als die Patienten der Zukunft. Ich erwähne das nur, damit Sie nicht erstaunt oder verärgert sind, falls Sie einschalten. Prahlt sie? Nein, kein bisschen. Sie hält sich nur an das, was Dr. Reik ‹Die Bekömmlichkeit des Ehrgeizes› nennt. Ich war kurz davor, zu antworten, dass ich gerade in der *Barry Farber Show* zu Gast war, und ich war dreimal bei Barry Gray im letzten Jahr, keine von deinen verdammten Long-John-Schnarchgesichtern, weil ich ein Star bin, und du kannst stolz darauf sein, mich als Patienten zu haben für 40 verdammte Kröten die Stunde, du wirst ersticken, wenn ich bei Dick Cavett in der Show sitze, also Long-John-Nebel mich nicht!

Dann würde sie wahrscheinlich von der Taxifahrt mit Margaret Mead anfangen, den Schweizer Magazinen, die sie obsessiv interviewen, wie süß Golda Meir ihr den Schabbat-Wein einschenkte bei ihrem letzten Trip nach Israel, die lächerliche Auszeichnung, zu der sie der brasilianische Botschafter nach Wien einlädt und warum sie leider nur einige ausgewählte Einladungen zu Psychiatriekongressen annehmen kann, auf denen sie Reden halten soll. Für nur 40 Dollar die Stunde darf ich also an diesem großartigen Leben teilnehmen, und es stachelt meine eigenen Ambitionen tatsächlich an.

Um sie zu stoppen, muss ich nur etwas über Sex sagen. Es reicht zu sagen: Entschuldigung, dass ich Sie unterbreche, ich hasse es, Sie zu unterbrechen, aber ich muss plötzlich an einen Mann denken, der es mit einer Kuh treibt!

Und sofort hört meine Dr. Erika auf, von ihren Konsultationen zur geistigen Gesundheit Luxemburgs zu sprechen.

Ein Mann und eine Kuh? Sie lächelt mich milde an, schlägt ihre Beine wieder übereinander, ich starre auf ihre hochhackigen Stiefelchen, und alle meine Hemmungen fallen.

Manchmal sehe ich sie auf Partys, und sie sieht immer noch aus wie die reifste schöne Jungfrau im Raum.

Und wenn wir uns begegnen, fragt sie noch immer: Fred, wie geht es dir? Und der Subtext lautet: Bist du sicher, dass du nicht ein bisschen Arbeit mit mir brauchst, oben, in der 96th Street?»

«Er konnte sich über mich lustig machen», sagte Erika. «Das ist Freiheit.»

«Hast du wirklich so angegeben gegenüber deinen Patienten?», fragte ich.

«Of course not, aber es war in seinem Kopf.»

«Und du hattest Stiefel an, trotz der Affenhitze im August?»

«Ich hatte Aircondition in der Praxis. Als Erste. Das war mein Urlaub. Nicht zu schwitzen bei der Arbeit. Aber verstehst du? Wie könnte ich im August ans Meer, if one of my patients is dabei zu verfallen?»

«Und als du die ganzen berühmten Schauspieler hattest, wie ging das? Wenn die irgendwo drehen, können sie ja nicht siebenmal die Woche kommen, egal, wie bedient sie gerade sind.»

«Sie riefen an, wenn sie gerade nicht drehten. Oder ich bin ans Set gefahren, wenn es sinnvoll und nötig war.»

«Im Ernst?»

«Kennst du den Film *The Swimmer*? Mit Burt Lancaster? Der Produzent rief mich an, auch ein Patient von mir, und bat mich, zum Dreh nach Connecticut zu kommen, das sei praktischer als umgekehrt. Drehbuchautor und Regisseur lagen nämlich auch auf meiner Couch. Also fuhr ich zu den Dreharbeiten. Am Tag vor dem Drehstart gab es eine Party am Pool.»

«Natürlich, der Film spielt ständig rund um Pools.»

«Ich saß jedenfalls neben einem sehr gut aussehenden, sehr professionell wirkenden Mann mit Sonnenbrille. Er erzählte mir stundenlang über sein Leben. Wie er von zu Hause ausgerissen ist, zum Zirkus ging, Athlet wurde. Und ich habe zu ihm gesagt, boy, ich bin so froh, dass Burt Lancaster sich verspätet, sonst hätte ich nie diese interessanten Geschichten gehört. Er antwortete: Ich bin Burt Lancaster!»

«Du hast ihn nicht erkannt?»

«Ich habe ihm zugehört. Ich bin Analytikerin, kein Fan. Ich war flexibel genug, und wenn sie in New Mexico drehen und meine Hilfe brauchen, helfe ich. Natürlich setze ich auch Grenzen. Es gibt Bühnenmenschen, die Grenzen ausloten oder niederreißen wollen. Das ist ungesund, weil es respektlos ist und sie ihre eigenen Grenzen erkennen müssen. Because a boundary disturber disturbs boundaries. Egal wessen. Auch seine eigenen.»

«Macht es einen Unterschied, ob du einen Patienten siehst oder mit ihm telefonierst?»

«Wenn sie bei mir sind, sehe ich sie nicht an. Ich sitze hinter den Patienten. Sie schauen mich auch nicht an. They can talk in die Welt hinein und müssen nicht darauf achten, wie ich reagiere, ob das Gesagte einen Effekt auf mich hat. Dann würde es nämlich nicht mehr um sie gehen. Aber es geht nur um sie, nie um mich. Das ist am Anfang ein Problem. Sie glauben es nicht und verstecken sich vor mir. Sie kommen zu mir, um mir etwas von sich zu zeigen, zeigen es dann aber aus Angst nicht. Das ist die Krankheit. Du hast eine niedrige Meinung von dir, weil dir das jemand beigebracht hat. Aber derjenige meinte es nicht gut mit dir. Du bist ein Opfer. Bei mir können sie sich daran gewöhnen, neue Türen zu öffnen. When something blocks you, you have to recognize the block. Recognize the block.»

«Und wie entscheidest du, wer sitzt oder auf der Couch liegt?»

«Ich warte, wie sie sich entscheiden. Alles ist ok. Ich habe keine Regeln, weil die Leute eh schon genug Regeln in ihrem Leben haben.»

«Und wenn sie nur da liegen und schweigen?»

«Es gibt Kollegen, die dann 45 Minuten nichts sagen. Das mache ich nicht. Irgendwann frage ich: Was genau möchten Sie nicht sagen? Weil das eine andere Tür ist.»

«Du bist eine Türsteherin.»

«Nein, eine Türöffnerin. Oder besser, eine, die auf mögliche Türen deutet. Alles ist aussagekräftig, auch Schweigen. Aber Stille macht manchmal Angst. Das meiste ist einfach Angst.»

«Und du gehst als Analytikerin ganz an den Anfang? Zur Geburt? Vor die Geburt?»

«Ich beginne im Jetzt, und dann gehe ich zurück und sehe, wie weit wir kommen. Wenn du gleich am Anfang beginnst, musst du alles abreißen, um zum Keller zu kommen. Warum sollte man das ganze Haus zerstören? Weil du den Keller sehen willst? Also wartest du lieber und schaust, dass du Schritt für Schritt in die Tiefe steigst.»

«Also ist der Keller doch das Entscheidende?»

«Viele Probleme haben Wurzeln tief in der Vergangenheit. Aber ich denke, du musst nicht vor die Geburt Christi zurückgehen, wenn etwas im Ersten Weltkrieg passiert ist.»

«Ich habe meinen Sohn in den Kindergarten gebracht, und er fragte mich, was ich jetzt mache. Ich erzählte ihm, dass ich dich besuchen werde. Ich hab ihm gesagt, wie alt du bist, da war er ganz begeistert. Nur noch ein paar Jahre und sie ist schon einhundert, hat er gerufen. Es war wie eine sportliche Höchstleistung für ihn.»

«Für mich auch. Das ist ein Massel. Dass ich noch kann, dass ich noch darf. Es ist ein Segen für mich, dass ich arbeiten kann, solange ich will. Solange man zu mir kommt. Und solange der liebe Herrgott mir mein Gehirn erhält.»

Ihr Handy läutete. Mein Agenturchef, der sie als Patient aufsuchte. Mit ihm arbeitete sie nicht vom Bett aus, sie traf ihn in einem der vielen kleinen, prachtvollen Salons des Imperial. Sie bestätigte seinen nächsten Termin.

«Ich weiß nicht, ob ich das sagen darf, aber er liebt dich», verriet ich ihr.

«Das ist Übertragung. Es ist erlaubt, das zu sagen. Irgendwann wird Hass kommen.»

«Oh.»

«Keine Sorge. Ich habe die Mesusa an meiner Türe. Mir wird nichts passieren.»

SIEBEN | *Mazel Tov*

Dieses Buch besteht aus sieben Kapiteln, weil sieben eine Glückszahl ist, auch in der Gematria, der jüdischen Zahlenlehre. «Gad», das hebräische Wort für Glück, hat den Zahlenwert sieben.

Ich wünsche Erika Glück.

«Manchmal schreiben wir über Dinge, die wir erlebt haben», hatte sie mir gesagt. «Manchmal über Dinge, die wir noch erleben werden.»

Und alles, was im 7. Kapitel steht, gilt es noch zu schreiben.

Heute schreibe ich die letzten Zeilen. Es ist Samstag, Schabbat, die Arbeit muss ruhen.

Es werden Mittwoche vorkommen. Croissants und Kaffeetassen, die voll sind, aber nicht überschwappen. Und ich werde dank Erikas milden Gaben der sauberste Mann Wiens sein. Hoffentlich gibt es jemanden, der zwischen den Mittwochen den Tisch näher an sie heranschiebt. Vielleicht Younes, die Taube.

Die letzte SMS, die ich von ihr erhielt, lautete:

Wenn du ein guter Mensch bist, dann hat jeder was davon, aber du selbst am meisten.
Bleib gesund, Erika

Ich antwortete ihr.

Liebe Erika,
das verspreche ich dir. Ich bleibe gesund. Mir wird es gut gehen. Und wenn nicht heute, dann morgen.

Ich danke Janina Enderle, die unzählige Interviews für mich abgetippt hat.

Ich danke Franz Schubert dafür, mich Erika vorgestellt und dieses Buch von Anfang an unterstützt zu haben.

Ich danke Margit Fischer, auch dafür, Erika eine wunderbare Freundin zu sein.

Ich danke Markus Kupferblum, der mir Einblicke in Erikas New Yorker Wohnung gewährt hat.

Ich danke den Kellnern im Hotel Imperial und wie immer meinem Lektor Marcus Gärtner.

Und natürlich Erika, die mir kurz vor Erscheinen dieses Buches schrieb:

Wenn man betrübt sein muss, dann lieber im Imperial.
See you next wednesday? Bleib gesund, Erika

Zitatnachweise

S. 167 f. Carl Merz, Helmut Qualtinger, Der Herr Karl, Deuticke 2007

S. 243–245 Frederic Morton, in: The Village Voice, November 1971